CUENTOS DE

VIRGINIA WOOLF

Austral Cuentos

CUENTOS DE

VIRGINIA WOOLF

Traducción
Juan Bravo

Obra editada en colaboración con Editorial Planeta – España

Título original: *A Haunted House, Monday or Tuesday, The String Quartet, The Widow and the Parrot: A True Story, The New Dress, Together and Apart, The Man who Loved his Kind, The Lady in the Looking-Glass, The Duchess and the Jeweller, Lappin and Lapinova, The Legacy, The Symbol*

Virginia Woolf

© 2022, Traducción: Juan Bravo Castillo

© 2022, Editorial Planeta, S. A. – Barcelona, España

Diseño de la colección: Austral / Área Editorial Grupo Planeta
Ilustración de la portada: © Núria Just

Primera edición impresa en España en Austral: abril de 2022
ISBN: 978-84-08-25635-9

Primera edición impresa en México en Austral: agosto de 2022
ISBN: 978-607-07-8995-3

Impreso en los talleres de Impresora Tauro, S.A. de C.V.
Av. Año de Juárez 343, colonia Granjas San Antonio, Ciudad de México
Impreso en México - *Printed in Mexico*

Índice

Índice

La casa encantada

A cualquier hora que te despertaras siempre había una puerta cerrándose. Iban de habitación en habitación, cogidos de la mano, levantando aquí, abriendo allá, cerciorándose: una pareja de duendes.

«Lo dejamos aquí», decía ella. Y él añadía: «¡Sí, pero también ahí!». «Está arriba», susurraba ella. «Y también en el jardín», musitaba él. «No hagamos ruidos —decían—, o los despertaremos.»

Pero no nos despertabais. Oh, no. «Lo están buscando; están corriendo la cortina», podíamos decir, y seguir leyendo una o dos páginas más. «Ya lo han encontrado», podíamos asegurar, con el lápiz suspendido en el margen de la página. Y luego, cansados de leer, acaso nos levantaríamos e iríamos a comprobarlo en persona: la casa toda ella vacía, las puertas abiertas, tan solo las palomas torcaces con su alborozado arrullo y el zumbido lejano de la trilladora allá en la granja. «¿Por qué he venido aquí? ¿Qué pretendía encontrar?» Tenía las manos vacías.

«¿Estará, acaso, arriba?» Había manzanas en el desván. Y de nuevo abajo, el jardín silencioso como de costumbre; tan solo el libro había caído sobre el césped.

Por fin lo encontraron en la sala de estar, aun cuando no se los pudiera ver. Los vidrios de las ventanas reflejaban manzanas, reflejaban rosas; todas las hojas eran verdes en el cristal. Si se movían por la sala de estar, las manzanas se limitaban a mostrar su lado amarillo. Sin embargo, instantes más tarde, cuando la puerta se abría, esparcido en el suelo, colgando de las paredes, pendiendo del techo..., ¿qué? Mis manos estaban vacías. La sombra de un zorzal cruzaba la alfombra; desde las más hondas simas del silencio llegaba el arrullo de la paloma torcaz. «A salvo, a salvo, a salvo...», latía suavemente el pulso de la casa. «El tesoro enterrado; la habitación...» El pulso se detenía bruscamente. ¡Oh! ¿Sería eso el tesoro enterrado?

Un momento después, la luz se había desvanecido. ¿Fuera, en el jardín, acaso? Pero los árboles tejían tinieblas para un rayo de sol errante. Tan tenue, tan fugaz, serenamente hundido bajo la superficie, el rayo que yo buscaba ardía siempre detrás del cristal. La muerte era ese cristal; la muerte nos separaba; acercándose primero a la mujer, cientos de años atrás, abandonando la casa, sellando todas las ventanas; las estancias habían quedado sumidas en las sombras. Él había abandonado la casa, la había dejado a ella, había ido al norte, había ido al este, había visto despuntar las estrellas en el cielo austral; había buscado la casa, la había encontrado hundida bajo los Downs.

«A salvo, a salvo, a salvo...», latía suavemente el pulso de la casa. «El tesoro es tuyo.»

El viento sube rugiendo por la avenida. Los árboles se inclinan a uno y otro lado. Rayos de luna salpican y chapotean furiosamente bajo la lluvia. Erguida y serena arde la vela. Deambulando por la casa, abriendo ventanas, musitando para no despertarnos, la pareja de duendes busca su regocijo.

«Aquí dormíamos», dice ella. Y él añade: «¡Cuántos besos!». «Al despertar por la mañana...» «Plata entre los árboles...» «Arriba...» «En el jardín...» «Cuando llegaba el verano...» «En la nieve invernal...» Las puertas siguen cerrándose en la distancia, batiendo dulcemente como el latido de un corazón.

Se acercan más; se detienen en la puerta. Cesa el viento, resbala, plateada, la lluvia en el cristal. Nuestros ojos se ensombrecen; no oímos pasos a nuestras espaldas; no vemos a dama alguna extender su manto espectral. Con sus manos, el caballero protege el farolillo. «Míralos —susurra—, ahí los tienes, profundamente dormidos, con el amor aflorando en sus labios.»

Inclinados, sosteniendo su lamparilla de plata sobre nuestras cabezas, nos contemplan larga e intensamente. Sopla una ráfaga de viento; la llama tiembla levemente. Enfurecidos rayos de luna surcan el suelo y las paredes, tiñendo a su paso los rostros inclinados; los rostros meditativos; los rostros que tratan de escrutar la dicha oculta de los durmientes.

«A salvo, a salvo, a salvo», late con orgullo el corazón de la casa. «Tantos años —suspira él—. Por fin me has vuelto a encontrar.» «Aquí —murmura ella—, dormida; leyendo en el jardín; riendo, acumulando manzanas en el desván. Aquí dejamos nuestro tesoro...» Al inclinarse, la luz me abre los párpados. «¡A salvo! ¡A salvo! ¡A salvo!», late enloquecido el pulso de la casa. Me despierto y grito: «La luz en el corazón, ¿es este vuestro tesoro enterrado?».

Lunes o martes

Indolente y apática, sacudiendo con soltura el espacio con sus alas, conocedora de su camino, la garza sobrevuela la iglesia. Blanco e indiferente, absorto en sí mismo, el cielo se cubre y se descubre sin cesar, se agita y permanece quieto. ¿Un lago? Borrémosle las orillas. ¿Una montaña? Admirable, con el oro del sol en sus laderas. Cae desde lo alto. Luego helechos, o plumas blancas, hasta el final de los tiempos.

Exigiendo la verdad, esperándola, destilando laboriosamente unas cuantas palabras, eternamente ávida... (se oye un grito a la izquierda, otro a la derecha. Ruedas que giran en distintas direcciones. La barahúnda de los tranvías)..., eternamente ávida (el reloj proclama con doce rotundas campanadas que es mediodía; la luz vierte escamas de oro; niños se arremolinan)..., eternamente ávida de verdad. Roja es la cúpula; de los árboles penden monedas; el humo emerge lento de las chimeneas; ladridos, aullidos, gritos de «Compro chatarra»..., ¿y la verdad?

11

Como rayos convergiendo en un mismo punto, pies de hombre y pies de mujer, negros o con incrustaciones doradas... (¡Vaya niebla!... ¿Azúcar? No, gracias... El porvenir de la Commonwealth)..., el fuego crepitando en la chimenea tiñe la estancia de rojo, excepción hecha de las siluetas negras de brillantes ojos, mientras descargan una camioneta en el exterior, Miss Thingummy toma el té en su escritorio y las vitrinas protegen los abrigos de piel...

Mecida por el viento, leve cual hoja, amontonada en los rincones, arrastrada en las ruedas, salpicada de plata, en casa o fuera de casa, reunida, esparcida, fraccionada y desperdiciada, barrida, desgarrada, hundida, ensamblada..., ¿y la verdad?

Recordar ahora junto al fuego del hogar la blanca losa de mármol. De las profundidades ebúrneas se alzan palabras que vierten su negrura, florecen y penetran. El libro caído; en la llama, en el humo, en las efímeras chispas..., o viajando, la losa de mármol suspendida por encima de los minaretes y de los mares de la India, lanzada hacia los espacios azules y el centelleo de las estrellas..., ¿la verdad?, o bien ¿contentarse con lo más próximo?

Indolente y apática, la garza regresa; el cielo cubre con un velo las estrellas; luego las desnuda.

El cuarteto de cuerda

Y bien, aquí estamos, y basta echar una ojeada a la estancia para advertir que el metro, los tranvías, los autobuses y no pocos carruajes privados, e incluso, me atrevería a pensar, landós con caballos bayos han tejido una vasta tela de un extremo a otro de Londres. No obstante, empiezo a albergar mis dudas...

Sobre si es verdad, como dicen, que Regent Street está floreciente, que se ha firmado el Tratado de Paz, que no hace frío para la estación en que estamos, e incluso que a este precio es imposible alquilar una vivienda, y que lo peor de la gripe son sus secuelas; si de repente pienso que he olvidado escribir sobre la gotera de la despensa y que me dejé un guante en el tren; si los lazos de sangre me obligan, inclinándome hacia delante, a aceptar cordialmente la mano que se me ofrece luego de un instante de vacilación.

—Siete años sin vernos.

—La última vez fue en Venecia.

—¿Y dónde vives ahora?

—Bueno, es verdad que prefiero que sea a última hora de la tarde, si no es mucho pedir...

—¡Pero yo te he reconocido al instante!...

—La guerra supuso una ruptura...

Si la mente se ve atravesada por semejantes dardos, y —la sociedad humana así lo impone—, tan pronto uno de ellos ha sido lanzado, ya hay otro en camino; si esto genera calor y además han encendido la luz eléctrica; si el hecho de decir una cosa deja tras sí, en tantos casos, la necesidad de mejorar y revisar lo dicho, suscitando además lamentos, placeres, vanidades y deseos..., si todos los hechos a los que me he referido, y los sombreros, los echarpes de piel sobre los hombros, los fracs de los caballeros y los alfileres de corbata con perlas, es lo que aflora en la superficie, ¿qué posibilidades quedan?

¿Posibilidades de qué? Cada minuto que pasa se hace más difícil decir por qué, pese a todo, estoy aquí sentada creyéndome incapaz de decir lo que ocurrió, o recordar al menos cuándo ocurrió por última vez.

—¿Viste el desfile?

—El rey parecía ausente.

—No, no, no. Pero ¿qué decías?

—Que se ha comprado una casa en Malmesbury.

—¡Vaya suerte encontrar una!

Por el contrario, tengo la impresión de que esa mujer, sea quien fuere, ha tenido muy mala suerte, puesto que todo es cuestión de pisos, sombreros y gaviotas, o así parece ser, para este centenar de personas aquí sentadas, bien vestidas, envaradas, cubiertas de pieles, rollizas. Y no es que yo tenga nada de que alardear, por cuanto que yo también estoy pasivamente sentada en una silla dorada, limitándome a dar vueltas y vueltas a un recuerdo enterrado, como quien más quien menos, ya que hay indicios, si mal no me equivoco, de que todos estamos recordando algo, buscando algo furtivamente. ¿Por qué inquietarse? ¿Por qué tanta ansiedad por colocar nuestros abrigos? ¿Y los guantes... si abrocharlos o desabrocharlos? Observemos ahora ese viejo rostro sobre el fondo del oscuro lienzo; hace un momento se mostraba afable y sonrosado; ahora, taciturno y triste, como ensombrecido. ¿Ha sido acaso el sonido del segundo violín afinándose en la antesala? Allí vienen: cuatro siluetas negras con sus instrumentos, y que toman asiento frente a los cuadrados blancos bajo el chorro de luz. Apoyan la punta de sus arcos sobre el atril, los levantan con un movimiento simultáneo, los dejan suspendidos un instante y, mirando al músico situado enfrente, el primer violín cuenta uno, dos, tres...

¡Granazón, crecimiento, brote, eclosión! El peral en la cima de la montaña. Manantiales que manan, gotas que caen. Pero las aguas del Ródano se deslizan raudas y profundas, corren bajo los puentes y barren la estela del agua, bañando con sombras al pez plateado y arrastrando corriente abajo al pez moteado, hasta dejarlo sumido en un vasto remolino donde —qué pasaje tan difícil— otros peces se aglomeran en un remanso, saltando, salpicando, arañándose con sus aceradas aletas; y es tal el hervor de la corriente que los guijarros amarillos se agitan, se agitan, se agitan..., hasta quedar liberados, precipitándose entonces corriente abajo e incluso ascendiendo por el aire, sin que se sepa cómo, formando exquisitas espirales, rizadas como delgadas virutas bajo la copa de un plátano..., y así siempre, ascendiendo, ascendiendo... ¡Qué delicia observar la bondad de aquellos que, con paso leve, pasan sonriendo por el mundo! Y también en las joviales pescaderas, en cuclillas bajo los puentes, viejas obscenas, con sus incesantes carcajadas, sus meneos y sus balanceos yendo de un sitio a otro, jijí, jajá.

—Es una de las primeras obras de Mozart, evidentemente...

—Pero la melodía, como todas las suyas, produce desesperación..., quiero decir, esperanza. ¿Qué quiero decir? ¡Eso es lo peor de la música! Me entran ganas de bailar, de reír, de comer pasteles de color rosa, amarillo, de beber vino seco y con mordiente. O de escuchar una historia sicalíptica..., me encantaría. A medida que una entra en años, más le gusta la indecencia. ¡Ja, ja! Me río. Pero ¿de qué? No has dicho nada, ni tampoco el anciano caballero de enfrente... Pero supongamos..., supongamos... ¡Silencio!

El río melancólico nos lleva. Cuando la luna emerge por entre las lánguidas ramas del sauce, veo tu rostro, oigo tu voz y el canto de los pájaros al pasar junto al mimbreral. ¿Qué murmuras? Penas, penas. Alegrías, alegrías. Entrelazados como juncos a la luz de la luna. Entrelazados, enredados inextricablemente, unidos en el dolor y ahogados en la pena..., ¡zas!

El barco zozobra. Las siluetas se elevan, ascienden, delgadas como hojas, afilándose hasta convertirse en un tenebroso espectro que, coronado de fuego, extrae tan encontradas pasiones de mi corazón. Para mí canta, libera mi pena, deshiela la compasión, inunda de amor ese mundo sin sol y tampoco, al cesar, aplaca su ternura, sino que hábil y sutilmente se va tejiendo y destejiendo, hasta que, en esa textura, en esa consumación, se colman las fisuras, ascienden, sollozan, se sumen en el silencio, la pena y la alegría.

¿Por qué este duelo entonces? ¿Qué pedir? ¿Seguir insatisfecha? Repito que todo está en su sitio; sí, reposando bajo un manto de pétalos de rosa que caen. Caen. Hasta que de pronto se detienen. Tan solo uno de los pétalos cae desde una enorme altura, como un diminuto paracaídas lanzado desde un globo invisible, gira sobre sí mismo, voltea, se estremece, vacila... No creo que llegue hasta nosotros.

—No, no, no he notado nada. Eso es lo malo de la música..., esas estúpidas ensoñaciones. ¿Decías que el segundo violín ha entrado a destiempo?

—Ahí va la anciana Mrs. Munro buscando la salida a tientas. Cada año está más ciega, la pobre..., y con lo resbaladizo que está el suelo...

Ciega vejez, esfinge de cabeza gris... Mírala, ahí, en la acera, haciendo señas al autobús rojo, tan seria...

—¡Delicioso! ¡Qué bien tocan! ¡Qué... qué... qué!

La lengua no es más que un badajo. La sencillez en sí misma. Las plumas del sombrero de la dama que tengo a mi lado son tan luminosas y agradables como el sonajero de un bebé. Por la rendija de la cortina se percibe el destello verde de la hoja del plátano. Muy extraño, muy excitante.

—¡Qué... qué... qué!

—Silencio.

Ahí están los amantes tendidos sobre el césped.

—Si me permite que coja su mano, señora...

—Hasta mi corazón le confiaría, señor. Además, hemos dejado nuestros cuerpos en la sala del banquete. Eso que está sobre el césped son las sombras de nuestras almas.

—Entonces, estos son los abrazos de nuestras almas.

Los limoneros asienten con sus ramas. El cisne se aleja de la orilla y se deja arrastrar, soñando, hacia el centro de la corriente.

—Pero, volviendo a lo que hablábamos. El hombre me siguió por el pasillo y, al doblar el recodo, me pisó el encaje de las enaguas. ¿Qué otra cosa podía hacer sino gritar «¡ay!», pararme y señalar con el dedo? Y justo entonces él desenvainó la espada, la esgrimió como si se dispusiera a matar a alguien y gritó: «¡Loco! ¡Loco! ¡Loco!». Ante lo cual, yo grité, y el príncipe, que estaba escribiendo en un gran libro de pergamino, junto a la ventana del mirador, salió con su capelo de terciopelo y sus pantuflas de piel, cogió una espada prendida en la pared —regalo del rey de España, ya sabes— y gracias a eso pude escapar, cubriéndome con esa capa para ocultar los destrozos de mi falda..., para ocultar... ¡Pero, escuche! ¡Las trompas!

El caballero contesta tan aprisa a la dama, y esta sube la escala con tal ingenioso intercambio de cumplidos rematados con un suspiro de pasión, que las palabras resultan incomprensibles aunque su significado sea muy claro —amor, risa, huida, persecución, dicha celestial—, todo ello surgido, como flotando, en las más alegres ondulaciones de frases cariñosas, hasta que el sonido de las trompas de plata, muy distante al principio, se torna gradualmente más y más nítido, como si los senescales saludaran al alba o anunciaran ominosamente la huida de los amantes... El verde jardín, el estanque iluminado por la luna, los limoneros, los enamorados y los peces se diluyen en el cielo opalino, a través del cual, justo en el momento en que las trompetas se unen a las trompas, apoyadas por los clarines, se alzan blancas arcadas firmemente apoyadas sobre columnas de mármol... Ruido de pasos y trompeteo. Metálico estrépito y fragor. Firme asentamiento. Cimientos sólidos. Desfile de miríadas. La confusión y el caos se adueñan de la tierra. Pero esta ciudad hacia la que nos dirigimos carece de piedra y de mármol, pende eternamente, se alza impertérrita; ningún rostro te saluda, ninguna bandera te da la bienvenida. Abandona, pues, toda esperanza, zozobra en el desierto, gozo mío, avancemos desnudos. Desnudas están las columnatas, ajenas a todos, sin proyectar sombra alguna, resplandecientes, severas. Y agotadas mis ansias, retrocedo, deseando únicamente salir, encontrar la

calle, fijarme en los edificios, saludar a la vendedo-
ra de manzanas, decir a la doncella que me abra la
puerta: una noche estrellada.

—Buenas noches. Buenas noches. ¿Va en esta
dirección?

—Lo siento. Voy en la otra.

La viuda y el loro: una historia real

Hará cosa de cincuenta años, Mrs. Gage, una viuda entrada en años, estaba sentada en el jardín de su casa, en un pueblecito llamado Spilsby, en Yorkshire. Pese a ser coja y tener los ojos bastante fatigados por la edad, estaba intentando arreglar un par de botas, pues tenía que sobrevivir con unos cuantos chelines a la semana. Andaba martilleando las botas, cuando de repente el cartero abrió la puerta y le puso una carta en el regazo.

Figuraban como remitentes «Messrs. Stagg and Beetle, 67, High Street, Lewes, Sussex».

Mrs. Gage abrió la carta y empezó a leerla.

«Querida señora:

»Tenemos el penoso deber de informarle del deceso de su hermano Joseph Brand.»

—¡Dios mío! —exclamó Mrs. Gage—. Mi querido hermano Joseph ha muerto.

«Le ha legado a usted todos sus bienes —proseguía la carta—, que consisten en una casa, un esta-

21

blo, cajas con pepinos, carretillas, etc., etc., en Rodmell, cerca de Lewes. Asimismo, le deja como herencia la totalidad de su fortuna, que asciende a tres mil libras esterlinas.»

Mrs. Gage estuvo a punto de desplomarse al suelo de gozo. Llevaba muchos años sin ver a su hermano, y como no se dignaba responder a las felicitaciones que puntualmente le remitía todos los años por Navidad, pensó que su tacañería, manifiesta ya desde niño, le impedía gastarse un penique en sellos. Sin embargo, ahora se había tornado en su favor. Con esas tres mil libras, además de la casa y el resto de la herencia, su familia y ella podrían vivir como maharajás el resto de sus días.

Decidió, pues, viajar rápidamente a Rodmell. Como no tenía dinero tuvo que recurrir al reverendo Samuel Tallboys, párroco del pueblo, que le prestó dos libras y diez chelines para el billete, y al día siguiente hizo los preparativos para el viaje. Lo esencial para ella era el cuidado de su perro, Shag, durante el tiempo que durara su ausencia, y es que, pese a su pobreza, dedicaba su vida a los animales, de tal modo que prefería pasar privaciones antes que escatimar un hueso a su perro.

Llegó a Lewes un martes por la noche. En la época en que transcurre nuestra historia no había puente para cruzar el río en Southease, ni existía la carretera de Newhaven. Debido a lo cual, para llegar a Rodmell había que atravesar el río Ouse por un vado, del que aún quedaban restos, pero eso únicamente era posible cuando estaba la marea baja y las piedras del lecho del río afloraban a la superficie.

Por suerte, Mr. Stacey, el granjero, iba en su carro a Rodmell y se ofreció amablemente a llevarla. Llegaron a su destino a eso de las nueve, una noche de noviembre, y Mr. Stacey le indicó cortésmente la casa que su hermano le había legado, en el extremo del pueblo. Mrs. Gage llamó a la puerta, pero no obtuvo respuesta alguna. En vista de lo cual, la anciana llamó de nuevo. Una voz muy extraña y aguda respondió esta vez: «¡No estoy en casa!». Mrs. Gage se quedó tan sorprendida que, de no ser porque en ese momento oyó pasos que se acercaban a la puerta, habría echado a correr. Le abrió una anciana llamada Mrs. Ford.

—¿Quién ha gritado «No estoy en casa»? —preguntó Mrs. Gage.

—¡El dichoso pájaro! —replicó Mrs. Ford, con cara de enojo, y mostrándole un loro grande y gris—. Me destroza los nervios con sus chillidos. Se pasa la vida encaramado a su percha como una estatua y, cuando te acercas a él, grita «No estoy en casa. No estoy en casa». —Era un loro muy bonito, tal como pudo observar Mrs. Gage; lo malo es que tenía las plumas muy descuidadas.

—Puede que esté triste o que tenga hambre —manifestó.

Pero Mrs. Ford se limitó a decir que lo que le ocurría es que tenía mal genio. Había pertenecido a un marinero y había aprendido a hablar en el este. Pese a todo, añadió Mrs. Ford, Mr. Joseph le tenía mucho cariño, y lo llamaba James; le comentó que conversaba con él como si se hubiera tratado de un ser racional. Mrs. Ford no tardó en marcharse.

Mrs. Gage, entonces, sacó un par de terrones de azúcar que llevaba en el bolso y se los ofreció al loro, asegurándole en un tono muy afectuoso que no iba a hacerle daño, que era hermana de su antiguo amo, que había venido a tomar posesión de la casa y que haría cuanto fuera posible para que fuera todo lo feliz que puede serlo un loro. Encendió luego un candil y recorrió la casa para ver qué tipo de propiedad le había legado su hermano. Pero su decepción no tuvo límites al comprobar que las alfombras estaban llenas de agujeros, las sillas desfondadas y que las ratas correteaban a sus anchas por la repisa de la chimenea. Y, por si era poco, en el suelo de la cocina crecían setas de gran tamaño. No había ni un solo mueble en condiciones. Su consuelo fue recordar las tres mil libras puestas a buen recaudo en el Banco de Lewes.

Decidió, pues, viajar al día siguiente a Lewes para entrevistarse con los abogados Stagg y Beetle y reclamarles su dinero, regresando a su casa lo antes posible. Mr. Stacey, que se disponía a llevar unos magníficos cerdos de Berkshire al mercado, se ofreció gentilmente a acompañarla de nuevo, y por el camino le contó terribles historias de jóvenes que resultaron ahogados al intentar cruzar el río con la marea alta. En el despacho de Mr. Stagg le aguardaba, sin embargo, otra gran decepción a la pobre mujer.

—Siéntese, por favor —dijo, con gesto solemne y carraspeando ligeramente—. Lo cierto, señora, es —prosiguió— que debe usted prepararse para afrontar una noticia harto desagradable. Después de

enviarle mi carta, me puse a examinar concienzuda-
mente los documentos de Mr. Brand, y siento confesarle que no logré encontrar ni el menor rastro de las
tres mil libras. Mi socio, Mr. Beetle, se personó en
Rodmell y, tras una larga y exhaustiva inspección, no
halló absolutamente nada de valor..., ni oro, ni plata,
ni nada valioso..., nada excepción hecha de un loro
gris que le aconsejo que venda por lo que le ofrez-
can, dado que Benjamin Beetle me cuenta que el
animal dice cosas muy extrañas. Pero, fuera del loro,
no halló absolutamente nada más. Lamento que
haya hecho usted un viaje en balde. Mucho me temo
que los bienes hayan sido dilapidados y, además,
como podrá suponer, está la cuestión nada baladí de
nuestros honorarios. —En ese momento, Mr. Stagg
hizo una pausa, y Mrs. Gage comprendió que había
llegado el momento de marcharse. Su decepción fue
grande: no solo tenía que reembolsarle al reverendo
Samuel Tallboys las dos libras y diez chelines que le
había prestado, sino que además se vería obligada a
vender el loro para pagarse el billete de regreso a
casa. Mr. Stagg no hizo lo más mínimo para retenerla, pese a que llovía con ganas, pero era tal la pena
que la embargaba que, sin reparar en las graves con-
secuencias que podría tener para ella caminar bajo la
lluvia, emprendió el camino de regreso Rodmell a
través de los prados.

Mrs. Gage, como decíamos, era coja de la pierna
izquierda. En circunstancias normales caminaba
muy despacio, pero ahora, con el barro de las cune-
tas y presa de su profunda decepción, a duras penas
podía avanzar. Y así, arrastrándose con gran esfuer-

zo, el día se oscurecía más y más, hasta el punto de que le resultaba muy difícil no apartarse de la vereda que discurría junto al río. Ella, por lo demás, no dejaba de refunfuñar y de quejarse de la desfachatez de su hermano, el cual —a ese convencimiento había llegado— la había metido en aquel aprieto sin duda «expresamente —dijo—, para atormentarme. Siempre fue cruel cuando éramos niños —prosiguió—. Le encantaba someter a tortura a los insectos; una vez seccionó a una pobre oruga con unas tijeras ante mis propios ojos. Por lo demás, era un tacaño de primera, hasta el extremo de esconder sus ahorros en un árbol, y si alguien le ofrecía un terrón de azúcar con el té, él prefería guardárselo para la cena. Tengo la certeza de que se estará consumiendo en el fuego del infierno, pero eso en modo alguno puede servirme a mí de consuelo», se dijo. En efecto, y máxime cuando se dio de bruces con una vaca que venía por el camino y cayó rodando por el lodo.

Se levantó como buenamente pudo y continuó avanzando con dificultad. Tenía la sensación de llevar muchas horas caminando. Todo estaba negro como la boca del lobo y apenas podía percibir su propia mano ante sus narices. De repente se acordó de las palabras del granjero Stacey acerca del vado. «¡Dios mío! —se dijo—, ¿cómo me las voy a arreglar para dar con el camino? ¡Como la marea esté alta, la corriente me arrastrará hasta el mar en un santiamén y me ahogaré sin remedio! Son muchas las personas que se han ahogado aquí, y eso sin contar los caballos, gatos, carros, rebaños enteros de ganado y hasta fardos de heno.»

No cabía duda de que entre la oscuridad y el fango se hallaba en un buen apuro. Le resultaba extremadamente difícil ver el río y todavía más advertir si había llegado al vado. No se veía ninguna luz, ya que, como tal vez sepan, no hay casa alguna en esta parte del río hasta Asheham House, propiedad de Mr. Leonard Woolf desde hace algún tiempo. Lo más razonable era sentarse y esperar a que amaneciera. Pero, a su edad, y con el reuma, se arriesgaba a morir de frío. Tampoco podía cruzar el río, pues, de intentarlo, lo más probable es que se ahogara. Su situación era tan desesperada que de buena gana se habría cambiado por cualquiera de las vacas del campo. No había mujer más desdichada que ella en todo el condado de Sussex; allí, de pie, en la orilla del río, sin saber si sentarse, nadar o simplemente tenderse en la hierba desafiando la humedad y dormir o congelarse hasta morir, tal como el destino había dispuesto.

Pero justo en ese momento acaeció algo sorprendente. Una luz inmensa, como un vasto relámpago, iluminó el cielo, tornando visible hasta la última brizna de hierba y mostrándole el emplazamiento del vado a no más de veinte metros de donde se encontraba. La marea en ese momento estaba baja, de tal modo que resultaba relativamente fácil cruzar el río, siempre y cuando el potente resplandor no se extinguiera antes de que lo lograra.

—Debe de ser un cometa o algún prodigio por el estilo —se dijo mientras avanzaba renqueando. Rodmell aparecía ante sus ojos, intensamente iluminado.

»¡Ay, Dios mío! —exclamó—. Hay una casa en

llamas. ¡Alabado sea Dios! —Calculó que la casa tardaría en arder el tiempo suficiente para que pudiera terminar de cruzar el río y encaminarse hacia el pueblo.

»Es un mal viento que no augura nada bueno para nadie —murmuraba mientras avanzaba cojeando por la calzada romana. Seguía viendo con toda nitidez el camino, y ya estaba casi en la calle principal del pueblo, cuando de repente la asaltó un funesto presagio: «¡Y si fuera mi propia casa la que se está convirtiendo en cenizas bajo mis ojos!».

Y estaba en lo cierto.

Un niño en pijama se acercó a ella brincando y gritando:

—¡Mire cómo arde la casa del viejo Joseph Brand!

En ese instante, los vecinos formaban corro en torno al edificio en llamas, pasándose cubos de agua que llenaban en el pozo de Monks House y lanzándolos sobre el fuego; pero, para entonces, este había adquirido enormes proporciones y, justo en el momento en que llegó Mrs. Gage, la techumbre se desplomó.

—¿Y el loro?, ¿alguien lo ha puesto a salvo? —gritó.

—Dé usted gracias al cielo de no haber estado usted dentro —le contestó el reverendo James Hawkesford—. Olvídese de ese bicho estúpido. Seguro que se ha asfixiado piadosamente en su percha.

Pero Mrs. Gage quería comprobarlo personalmente. La gente del pueblo, advirtiendo sus intenciones, pensó que no estaba bien de la cabeza si estaba dispuesta a arriesgar la vida por un pájaro, y tuvo que impedírselo.

—Pobrecilla —dijo Mrs. Ford—. Lo ha perdido todo, excepto una caja de madera con sus efectos personales. Cualquiera de nosotros se volvería loco en un caso así.

Dicho esto, Mrs. Ford, compadecida, tomó a Mrs. Gage de la mano y se la llevó a su casa para pasar allí la noche. El fuego ya había sido extinguido y todos se fueron a la cama.

Pero la pobre Mrs. Gage no podía conciliar el sueño. No dejaba de dar vueltas y de pensar en la triste situación en que se encontraba, preguntándose cómo se las arreglaría para volver a Yorkshire y cómo le devolvería al reverendo Samuel Tallboys el dinero que le había prestado. Pero su pena se incrementaba todavía más cuando pensaba en la suerte que habría corrido el pobre loro James. Se había encariñado con él y pensaba que el animal debía de tener un buen corazón para lamentar tanto la muerte del viejo Joseph Brand, que en su vida había mostrado afecto por ningún ser humano. Había sido sin duda una muerte terrible para un inocente pájaro, y pensó que si hubiera llegado un poco antes habría tenido tiempo de arriesgar la vida para salvarlo del fuego.

Estaba acostada, sumida en tales pensamientos, cuando de pronto un ligero golpe en la ventana la sobresaltó. El ruido se repitió tres veces seguidas. Mrs. Gage saltó de la cama como un resorte y se acercó a la ventana. Abrió los postigos y cuál no sería su asombro al ver allí, posado en el alféizar, a un loro enorme. Y es que, para entonces, había dejado de llover y había salido la luna, iluminándolo todo. Al principio sintió un leve escalofrío de miedo, pero en seguida reconoció al loro gris, James, y la embargó la alegría al verlo sano y salvo. Acto seguido, abrió la ventana, asomó la cabeza varias veces y le hizo señas para que entrara. El loro respondió moviendo la cabeza de un lado a otro, voló hasta el suelo, dio unos cuantos pasos, se volvió para comprobar si Mrs. Gage lo seguía y regresó al alféizar, donde la anciana lo observó muda de asombro.

«Los animales actúan con bastante más sentido común de lo que la gente piensa», pensó.

—Está bien, James —dijo, hablándole como si se tratara de un ser humano—. Creeré en tu palabra, pero espera un momento a que me arregle un poco.

Mrs. Gage se puso un gran delantal, bajó las escaleras sigilosamente y salió sin despertar a Mrs. Ford.

El loro, aparentemente satisfecho, avanzaba brincando unos metros por delante de ella, en dirección a la casa en ruinas. A Mrs. Gage le costaba seguirlo. El loro parecía conocer a la perfección el camino, y se dirigió hacia la parte trasera de la casa, donde antes estaba la cocina. No quedaba ni rastro de ella, excepción hecha del suelo de baldosas, empapado aún por el agua que habían arrojado para intentar apagar el fuego. Mrs. Gage se quedó paralizada y absorta mientras James iba de un lado a otro comprobando las baldosas con el pico. La situación resultaba de lo más extraña y, de no haber estado acostumbrada a convivir con animales, lo más probable es que la anciana se hubiera sentido engañada y hubiera vuelto a casa renqueando. Lo más curioso, sin embargo, estaba aún por llegar. Hasta ese momento, en efecto, el loro no había dicho una sola palabra, pero de repente entró en un estado de gran agitación y empezó a batir las alas y a picotear el suelo, gritando: «¡No estoy en casa! ¡No estoy en casa!», tan desaforadamente que Mrs. Gage temió que acabara despertando a todo el vecindario.

—No te pongas así, James. Te vas a hacer daño —dijo con dulzura. Pero el loro, lejos de calmarse, reinició sus ataques contra las baldosas con redoblado ímpetu.

—¿Qué querrá darme a entender? —se preguntaba Mrs. Gage, observando atentamente el suelo de la cocina. La luna irradiaba la suficiente claridad como para mostrarle una leve irregularidad en la disposición de las baldosas, como si las hubieran arrancado y vuelto a colocar sin casarlas debidamente. Se quitó el imperdible con el que se había sujetado el delantal y lo introdujo entre las baldosas, comprobando que no estaban sujetas. Levantó una, y vio entonces cómo el loro saltaba a la baldosa contigua, la golpeaba con el pico y gritaba como un poseso: «¡No estoy en casa!». Mrs. Gage interpretó ese gesto como que debía moverla. Y de ese modo, guiada por el loro, Mrs. Gage fue levantando baldosas hasta conseguir despejar un espacio de un metro y medio por un metro. El loro pareció quedar satisfecho. El problema para Mrs. Gage era saber lo que debía hacer a continuación.

Mrs. Gage descansó un momento, decidida a dejarse guiar por el loro, que por cierto no la dejó descansar mucho rato. Después de rebuscar entre la arena durante unos minutos, de forma parecida a como una gallina escarba la tierra con sus garras, el loro desenterró algo que a simple vista parecía un trozo de piedra amarilla. Y fue tal su excitación que Mrs. Gage corrió en su ayuda, descubriendo con gran sorpresa que prácticamente todo el espacio que habían despejado estaba atestado de piedras amarillas dispuestas en hilera, tan bien colocadas unas junto a otras que resultaba difícil moverlas. ¿Qué podían ser y por qué las habrían escondido allí? No tardó en averiguarlo, ya que, en cuanto logró levantar la primera capa y un trozo de hule que había debajo, se quedó atónita viendo el fabuloso espectáculo que le ofrecían sus ojos: miles de monedas de oro pulidas y brillantes, allí amontonadas.

Tal era el escondrijo elegido por su mísero hermano, que había tomado toda clase de precauciones para asegurarse de que nadie lo descubriría. En primer lugar, como se demostró más tarde, había construido un fogón sobre el lugar donde previamente había depositado su tesoro, de modo que solo si el fuego destruía la casa se podría tener noticia de su existencia; posteriormente había recubierto las monedas con una sustancia pegajosa y las había restregado en la tierra con el fin de que, si por cualquier casualidad alguien descubría alguna, la tomara por un simple guijarro como los hay a miles en cualquier jardín. Así pues, únicamente la extraordinaria conjunción del incendio y la sagacidad del loro lograron vencer la astucia del viejo zorro de Joseph.

Mrs. Gage y el loro trabajaron durante horas para desenterrar la totalidad del tesoro oculto, que constaba de tres mil piezas que, una a una, fueron depositando en el delantal extendido en el suelo. Cuando hubieron culminado su ardua tarea poniendo la moneda número tres mil en lo más alto del montón, el loro, exultante, revoloteó alrededor de Mrs. Gage, y terminó posándose suavemente sobre su cabeza. Y de esa guisa regresaron a casa de Mrs. Ford, caminando muy despacio, debido no solo a la cojera de la anciana, sino también al peso del delantal, que la hacía doblarse casi hasta el suelo. Al final lograron llegar a su habitación sin que nadie advirtiera su presencia en la casa quemada.

Al día siguiente volvió a Yorkshire. Mr. Stacey la llevó de nuevo a Lewes y no pudo evitar sorprenderse al comprobar cuánto pesaba la caja de Mrs. Gage, pero, como hombre discreto que era, se limitó a pensar que las buenas gentes de Rodmell, conmovidas por la terrible pérdida que había sufrido, para consolarla le habrían hecho algunos regalos. Por pura bondad, Mr. Stacey se ofreció a comprarle el loro por media corona, pero ella, sin poder ocultar su indignación, rehusó la oferta y le dijo que ni por todas las riquezas de las Indias aceptaría vender el loro. En vista de lo cual, Mr. Stacey pensó que con tanta desgracia la pobre anciana había empezado a perder la cabeza.

Mrs. Gage regresó, pues, a Spilsby sana y salva, llevó su caja con el tesoro al banco y vivió plácidamente con el loro James y el perro Shag hasta una edad muy avanzada.

Cuando ya se encontraba en el lecho de muerte, se decidió a contarle todo lo ocurrido al clérigo (hijo del reverendo Samuel Tallboys), añadiendo que estaba completamente segura de que la casa había sido incendiada a propósito por el loro James, quien, consciente del peligro que ella corría intentando vadear el río, voló hasta la cocina y derramó el hornillo de aceite que mantenía calientes las sobras de la cena. De ese modo, no solo la había salvado de morir ahogada, sino que le reveló el escondite del que se había servido su hermano para ocultar las tres mil libras, que de no ser así habrían quedado perdidas para siempre. Recompensa a la que se hizo acreedora merced, en su opinión, a su bondad con los animales.

El clérigo, escéptico, pensó que la moribunda estaba perdiendo el juicio, pero empezó a tomar conciencia de que decía la verdad cuando supo que en el preciso instante en que expiraba la pobre anciana, el loro James gritó con todas sus fuerzas: «¡No estoy en casa! ¡No estoy en casa!» y, acto seguido, cayó de su percha como fulminado por un rayo. El perro Shag había muerto años atrás.

Quienes hoy día visitan Rodmell pueden ver todavía las ruinas de la casa, tal como quedaron cincuenta años antes, y cuentan que los que se acercan hasta allí a la luz de la luna todavía, de vez en cuando, oyen los golpes que da un loro con su pico contra las baldosas, en tanto que otros aseguran haber visto allí sentada a una anciana con un delantal blanco.

El vestido nuevo

Mabel tuvo su primera sospecha seria de que algo no iba bien cuando, al quitarse la capa, Mrs. Barnet le pasó el espejo y cogió los cepillos, llamando con ello su atención, de manera acaso un tanto exagerada, sobre los utensilios para el arreglo y cuidado del cabello, el cutis y las ropas que se encontraban allí, sobre el tocador, con lo cual confirmó la sospecha de que, efectivamente, algo no iba bien, o, al menos, no del todo bien; sospecha que se tornó aún más aguda en el momento de subir las escaleras, convirtiéndose en convicción cuando saludó a Clarissa Dalloway, y se dirigió directamente al extremo de la estancia, donde, en un rincón en penumbra, colgaba un espejo, en el que se miró. ¡No! Algo no iba bien. E inmediatamente, la tristeza que siempre había querido ocultar, la profunda insatisfacción —esa sensación que había tenido, desde sus años de infancia, de ser inferior a los demás— se apoderó de ella sin remedio, sin piedad, con una intensidad que no era capaz de atenuar, tal como hacía en casa cuando se despertaba a medianoche, leyendo a Borrow o a Scott; porque tenía la certeza de que, en ese instante, todas aquellas mujeres y todos aquellos hombres pensaban: «¡Dios mío! ¿Qué es eso que lleva puesto Mabel? ¡Qué aspecto tan horroroso presenta! ¡Qué vestido tan grotesco; parece un adefesio!», parpadeando y cerrando los ojos al acercarse a ella. Su torpeza, su cobardía y su sangre humilde y aguada la deprimían hasta extremos indecibles. Y de repente, la estancia en la que tantas horas había pasado con su costurera planeando, junto con su humilde modista, la manera en que iría vestida, le pareció sórdida, repulsiva, y su propio salón le pareció mísero y tronado, y ella misma ridícula y henchida de vanidad cuando, recogiendo las cartas de la mesa del recibidor, decía «¡Qué lata!» para darse importancia..., todo eso le parecía ahora indeciblemente absurdo, mezquino y provinciano. Todo había saltado por los aires, pulverizado, en el momento en que entró en el salón de Mrs. Dalloway.

Lo que Mabel había pensado esa tarde, mientras tomaba el té, cuando llegó la invitación de Mrs. Dalloway, fue que, desde luego, ella, Mabel, jamás podría ser una mujer elegante. Era absurdo siquiera intentarlo —la elegancia era una cuestión de estilo, de buen corte, y eso implicaba al menos treinta guineas—, pero ¿por qué no ser original? ¿Por qué no ser al menos ella misma? Y, poniéndose en pie, cogió un viejo figurín de su madre, un figurín parisino de la época del Imperio, y, advirtiendo que la moda de aquella época era mucho más atrayente, digna y femenina, se propuso —¡qué insensatez!— imitarla, jactándose incluso de su modestia, de su encanto exquisitamente anticuado, y abandonándose, no cabía la menor duda, a una orgía de narcisismo, que bien merecía una cierta represión, y esa fue la razón por la que decidió ataviarse de esa guisa.

Pero Mabel no se atrevía a mirarse en el espejo. No era capaz de afrontar aquel horror..., aquel vestido de seda amarillo, ridículamente anticuado, con aquella falda larga, aquellas mangas rimbombantes, con aquella cintura y todos aquellos detalles que tan encantadores parecían en el figurín, pero no en ella, no entre toda esa gente normal y corriente. Se sentía como un maniquí puesto allí para que la gente joven le clavara alfileres.

—¡Querida, es absolutamente encantador! —comentó Rose Shaw, mirándola de arriba abajo con aquel mohín irónico en los labios que Mabel se esperaba (Rose, al igual que todos los demás, iba siempre vestida a la última moda).

Todos somos como esas moscas que intentan trepar hasta el borde del plato, pensó Mabel, y repitió la frase como si se santiguara, como si tratara de hallar una fórmula capaz de exorcizar su dolor, de hacer soportable su angustia. Fragmentos de Shakespeare, pasajes de libros que había leído hacía siglos acudían invariablemente a su memoria siempre que sufría, y los repetía una y otra vez. «Moscas que intentan trepar», repitió. Si era capaz de repetir dichas palabras el número suficiente de veces, hasta el punto de ver las moscas, se quedaría insensibilizada, fría, helada, muda. Y he aquí que, de pronto, las vio salir lentamente de un cuenco de leche, con las alas pegadas; y he aquí que, de pie, frente al espejo, mientras escuchaba a Rose Shaw, Mabel hacía esfuerzos denodados por ver a Rose Shaw y a cuantos allí estaban como moscas, intentando salir de algún sitio, o entrar en algún sitio, deleznables, insignificantes, afanosas. Pero, por más que lo intentaba, Mabel no lograba verlos de esa manera, no, a los otros no conseguía verlos así, pero sí a sí misma; ella era una mosca, mientras que los demás eran libélulas, mariposas, hermosos insectos, ligeros, graciosos, que danzaban, aleteaban, revoloteaban, y ella la única que se arrastraba por el plato intentando salir de él. (La envidia y el despecho, sin duda los más detestables vicios, eran sus principales defectos.)

—Me siento como una sórdida, decrépita y horriblemente sucia mosca —dijo Mabel, logrando que Robert Haydon se detuviera justo a tiempo para oír dicha frase, frase que Mabel había pronunciado únicamente para recobrar la seguridad en sí misma, una frase a fin de cuentas pobre, mal hilvanada, con la que demostraba cuán independiente y cuán ingeniosa era, y que en modo alguno se sentía fuera de lugar. Y, como se podía presuponer, Robert Haydon respondió con una cortesía de circunstancias que Mabel captó al instante, diciéndose para sus adentros tan pronto Robert Haydon se hubo alejado (palabras extraídas asimismo de algún libro): «¡Mentiras, mentiras, mentiras!». Las recepciones sociales, pensó Mabel, tienen la virtud de hacer que las cosas parezcan mucho más o mucho menos reales. Como por ensalmo, Mabel se adentró en el corazón de Robert Haydon; lo vio todo claramente. Vio la verdad. *Aquello* era verdad, aquel salón, aquel yo, y todo lo demás, falso. El pequeño taller de costura de Miss Milan era un lugar sofocante, mal ventilado y sórdido. Olía a ropa y a col hervida, y, sin embargo, cuando Miss Milan le puso el espejo en la mano y ella se miró con el vestido enfundado, terminado, una extraordinaria sensación de dicha le había invadido el corazón. Envuelta en luz, Mabel se sentía renacer. Libre de preocupaciones y de arrugas, cuanto había soñado de sí misma estaba allí: una mujer hermosa. Durante no más de un segundo (no se atrevió a mirar más tiempo, dado que Miss Milan quería comprobar el largo de la falda) la estuvo observando, enmarcada en volutas de caoba, una muchacha encantadora de cabello gris y enigmática sonrisa, la esencia de sí misma, su propia alma. Y no era solo la vanidad, no era solo el narcisismo lo que la inducía a pensar que era agradable, tierna y sincera. Miss Milan dijo que más valía no alargar la falda; en todo caso, añadió, frunciendo el ceño para de ese modo centrarse mejor, podía acortarla algo. Y Mabel, de repente, había sentido un sincero afecto hacia Miss Milan, queriéndola mucho más que a cualquier otro ser del mundo, y de buena gana hubiera llorado de compasión al verla andar a gatas por el suelo con la boca llena de alfileres, el rostro congestionado y los ojos saltones. ¡Era francamente extraordinario que un ser humano hiciera eso por uno de sus semejantes! Y fue entonces cuando los vio a todos como a meros seres humanos, y se vio a sí misma yendo a la reunión, y vio a Miss Milan cubriendo con una funda la jaula del canario, o dejando que este cogiera con el pico el cañamón que Miss Milan sostenía entre los labios, y al pensar en esto, en esta faceta de la naturaleza humana, con su paciencia, su estoicismo y su modo de contentarse con placeres tan nimios, tan miserables, tan mediocres y tan sórdidos, notó que se le inundaban los ojos de lágrimas.

Y ahora todo se había esfumado. El vestido, el cuarto, el afecto, la lástima, el espejo con el marco de caoba, la jaula de canario, todo se había esfumado, y allí estaba ella, en un rincón del salón de Mrs. Dalloway, torturada, haciendo frente a la realidad.

Pero resultaba tan irrisorio, pusilánime y mezquino preocuparse tanto, a su edad y con dos hijos, de la opinión de los demás y carecer de principios o convicciones, no ser capaz de decir como otros: «¡Eso es Shakespeare! ¡Eso es la muerte! Somos simples gorgojos anidados en una galleta», o lo que dijeran.

Se miró en el espejo, se arregló la hombrera izquierda, avanzó hacia el centro de la sala como si, desde todos los puntos, arrojaran venablos sobre su vestido amarillo. Pero, en lugar de adoptar una expresión trágica o altanera como habría hecho Rose Shaw —ella se habría asemejado a Boadicea* en una situación como esa—, Mabel parecía simplemente boba y cohibida, sonriendo tímidamente como una

* Se trata de Boudica, reina guerrera de los icenos, que acaudilló a varias tribus britanas en el mayor levantamiento en Britania contra la ocupación romana, durante el reinado del emperador Nerón. *(N. del T.)*

colegiala, y cruzó la estancia, escabulléndose como un perro apaleado, para fijar la atención en un cuadro, un grabado colocado en la pared. ¡Como si uno fuera a una velada como esa para contemplar cuadros! Y todos sabían por qué lo hacía: lo hacía impulsada por la vergüenza, por la humillación.

«Ahora la mosca está en el plato —se dijo—, justo en el centro, y no puede salir, porque la leche —pensó, contemplando, absorta, el cuadro—, le ha pegado las alas.»

—¡Es tan anticuado! —le dijo a Charles Burt, obligándole a detenerse (cosa que a él le resultaba particularmente odiosa) en el momento en que se disponía a decir algo a otra persona.

Mabel quería decir, o intentaba convencerse de que quería decir, que era el cuadro y no su vestido lo que le parecía anticuado. Una simple palabra de elogio, una palabra afectuosa por parte de Charles le habría hecho verlo todo de un modo completamente distinto. Habría bastado con que Charles le hubiera dicho simplemente: «Mabel, estás encantadora esta noche», para que hubiera cambiado su vida por completo. Bien es verdad que, para conseguirlo, ella debería haber sido más franca y directa. Es lógico, pues, que Charles no dijera nada parecido. Charles era la malicia personificada. Siempre captaba el punto flaco de los demás, especialmente si te sentías débil, insegura o estúpida.

—¡Mabel lleva un vestido nuevo! —exclamó Charles, y la pobre mosca se vio irremediablemente arrastrada hacia el centro del plato. Estaba claro que a Charles le habría gustado que se ahogara, pensó

Mabel. Aquel hombre no tenía corazón, carecía del mínimo atisbo de amabilidad, tan solo mostraba una apariencia de cordialidad. Miss Milan era mucho más real, mucho más amable. Lástima que una no pudiera sentirse de ese modo, y mantenerse fiel a ello. «¿Por qué?», se preguntó Mabel, mirando a Charles con descaro, haciéndole ver que estaba irritada o, como decía Charles, «enfurruñada» («¿Muy enfurruñada?», dijo Charles, alejándose para burlarse de ella con alguna otra mujer). «¿Por qué —se preguntó Mabel— no puedo sentirme siempre de igual forma, seguir convencida de que Miss Milan está en lo cierto y de que es Charles quien se equivoca, y mantener este criterio y estar segura en lo tocante al canario, a la compasión y al amor, en vez de sentirme completamente perturbada tan pronto entro en una sala llena de gente?» Todo se debía, una vez más, a su carácter odioso, débil, irresoluto, que siempre la traicionaba en el momento crítico y le impedía interesarse seriamente por la conquiliología, la etimología, la botánica, la arqueología, el cultivo de las patatas y la satisfacción de verlas crecer, como Mary Dennis o como Violet Searle.

Justo entonces Mrs. Holman, viéndola allí de pie, se acercó a ella. Desde luego, un vestido nuevo no era algo en lo que fuera a reparar Mrs. Holman, con sus hijos siempre cayéndose por las escaleras o cogiendo la escarlatina. ¿Podía decirle Mabel si era posible alquilar Elmthorpe en agosto y septiembre? Este era el tipo de conversación que aburría mortalmente a Mabel. La irritaba que la tomaran por un agente inmobiliario o por un recadero al que se utiliza sin más. Carecer de valor, eso era, pensó Mabel, intentando agarrarse a algo sólido, real, mientras procuraba contestar con sentido común a las preguntas que le hacían sobre el cuarto de baño, la fachada sur de la casa y el agua caliente en la planta de arriba; y, mientras hablaba, captaba porciones de su vestido amarillo reflejadas en el espejo circular, donde todos los demás quedaban reducidos al tamaño de botones o renacuajos, y era asombroso pensar cuánta humillación y sufrimiento, cuánto asco de sí misma y cuántos esfuerzos y violentos altibajos emocionales cabían en un objeto del tamaño de tres peniques. Pero lo más extraño era que esa cosa, esa Mabel Waring, se mantenía al margen, completamente aislada, y aun cuando Mrs. Holman (el botón negro) se inclinara hacia ella y le dijera que su hijo mayor sufría una afección cardiaca provocada por su pasión por el atletismo, Mabel podía verla también totalmente aislada en el espejo, y era imposible que aquel punto negro, inclinado y gesticulante, consiguiera hacer partícipe de sus sentimientos al punto amarillo, sentado y solitario, centrado en sí mismo, por más que uno y otro lo fingieran.

«Es tan difícil conseguir que los niños se estén quietos...», frases como estas eran las que se solían decir.

Y Mrs. Holman, que nunca conseguía despertar la suficiente compasión y se lanzaba con avidez sobre la poca que le otorgaban, como si hubiera tenido todo el derecho del mundo (por más que, en su opinión, se hubiera merecido mucho más, dado que una hija suya, de corta edad, había llegado esa mañana a casa con una rodilla hinchada), aceptaba tan miserable óbolo, lo examinaba con suspicacia, a regañadientes, como si hubiera sido medio penique, cuando en realidad hubiera debido ser una libra esterlina, y se lo guardaba en el bolso, resignada a contentarse con él, por pobre y mísero que fuera, y es que los tiempos no estaban para liberalidades. Y así, tragándose tan cruel afrenta, Mrs. Holman seguía hablando de la niña con la rodilla inflamada. ¡Ah, qué trágica resultaba aquella avidez, aquel clamor de los seres humanos, como una bandada de cormoranes graznando y agitando las alas para inspirar compasión! Resultaba incluso trágico, en caso de que uno llegara a sentirlo y no se limitara a fingirlo...

Pero esa noche, ataviada con su vestido amarillo, Mabel era incapaz de extraer de sí una gota más de compasión; la necesitaba toda para ella. Sabía (seguía mirando aquel espejo, sumergiéndose en aquel estanque azulado tan horrible como revelador) que había sido condenada, menospreciada y abandonada en aquel remoto lugar por ser como era una criatura indecisa y vacilante, y le parecía que aquel vestido amarillo era como un castigo que hubiera merecido, y que, si se hubiera vestido, al igual que Rose Shaw, con ese encantador traje verde ceñido, con adornos de pluma de cisne, también lo habría merecido. Entonces pensó que no había escapatoria para ella, por más que, a fin de cuentas, no todo fuera culpa suya. Se debía al hecho de haber nacido en una familia de diez hijos, a no contar jamás con el dinero suficiente, a estar siempre escatimando, su madre cargando siempre con grandes cántaros, el linóleo desgastado en el borde de los peldaños y una sucesión de pequeñas y sórdidas tragedias domésticas —aunque nada catastrófico, simplemente que la granja de ovejas no rendía lo suficiente, que el hermano mayor se había casado con una mujer de condición inferior, aunque no mucho—, nada romántico en aquella familia, nada excepcional. Se consumían respetablemente en pequeñas poblaciones costeras; en cada balneario Mabel tenía, incluso en ese momento, una tía descansando en alguna que otra pensión familiar desde cuyas ventanas no se veía el mar. Era algo muy propio de ellos..., siempre obligados a mirar las cosas de soslayo. Y ella había hecho lo mismo; era exactamente igual que sus tías. Todos aquellos sueños de vivir en la India, de casarse con un héroe como Sir Henry Lawrence, con algún forjador de imperios (la visión de un indígena con turbante todavía le inspiraba sentimientos románticos), se habían esfumado por completo. Se había casado con Hubert, que ocupaba un puesto seguro en la administración de justicia, aunque fuera el eterno subalterno, y se las apañaban para vivir decentemente en una casa más bien pequeña, sin servicio doméstico propiamente dicho, recalentando el picadillo de carne cuando estaba sola, o contentándose con pan y mantequilla, pero de vez en cuando —Mrs. Holman se había ido, convencida de que Mabel era la cosa más seca, desabrida y antipática que había conocido en su vida, con ese ridículo modo de vestir, que ella misma se encargaría de pregonar a los cuatro vientos...—, de vez en cuando, pensaba Mabel Waring, sola ya en el sofá azul, ahuecando el almohadón para de ese modo parecer ocupada, pues no le apetecía juntarse con Charles Burt y Rose Shaw, que parloteaban como cotorras junto a la chimenea, posiblemente riéndose de ella..., de vez en cuando vivía momentos deliciosos, como por ejemplo la otra noche, leyendo en la cama, o junto al mar, sobre la arena, al sol, en Pascua de Resurrección —dejémosla recordar—, un gran penacho de juncos que se alzaban enmarañados y pálidos como un haz de lanzas hacia el cielo, azul como un huevo de porcelana, liso, firme y duro, y luego la melodía de las olas..., «chist, chist...», decían, y los gritos de los niños chapoteando en el agua... Sí, fue un momento divino, y tuvo la impresión de que allí yacía ella, en la palma de la mano de una diosa que era el mundo; una diosa de corazón un tanto duro, pero muy hermosa, como un corderillo depositado en el altar (esa clase de idioteces se le ocurrían de vez en cuando, pero eso carecía de importancia con tal de que no las dijera en voz alta). Y, algunas veces, también con Hubert, y de la manera más inesperada y sin razón alguna —trinchando el cordero durante el almuerzo del domingo, en el instante de abrir una carta, o al entrar en una habitación—, había vivido momentos divinos en los que se decía (ya que a nadie más habría sido capaz de decirlo) «¡Ya está! Mira lo que ha ocurrido». Y lo contrario resultaba igualmente sorprendente... cuando todo concurría —música, buen tiempo, vacaciones, todos los ingredientes para ser feliz— y no pasaba nada. No era feliz. Todo resultaba insulso, exactamente eso, insulso.

¡Todo se debía sin duda a su desdichada manera de ser! Siempre había sido una madre irritable, débil, rara vez a la altura de las circunstancias, una esposa blanda, indolente, instalada en una existencia crepuscular, en la que nada había que fuera demasiado claro o marcado, o que destacara en algo, como era el caso de todos sus hermanos y todas sus hermanas —excepción hecha de Herbert—, todos ellos una serie de seres incapaces, con sangre aguada. Mas luego, en mitad de aquella vida mezquina y humillante, se encontró de repente en la cresta de una ola. Aquella desdichada mosca —¿dónde había leído la historia de la mosca y el platito que una y otra vez se le venía a la mente?— lograba salir, luchando. Sí, había vivido momentos así. Pero ahora, cumplidos ya los cuarenta, esos momentos eran cada vez más raros. Dejaría, poco a poco, de luchar. ¡Era lamentable! ¡Era intolerable! ¡Era algo que la hacía sentirse avergonzada!

Mañana mismo iría a la Biblioteca de Londres. Encontraría allí un libro maravilloso, útil, asombroso, por pura casualidad, escrito por un clérigo, por un norteamericano de quien nadie habría oído hablar; o caminaría por el Strand y entraría, de improviso, en una sala en la que un minero contaría cómo es la vida en la mina, y de repente ella se convertiría en un nuevo ser. Se transformaría por completo. Vestiría uniforme; la llamarían Hermana Tal, y jamás volvería a preocuparse por la ropa. Y, a partir de entonces, tendría las cosas absolutamente claras sobre Charles Burt y Miss Milan, y esta estancia y aquella otra; y todo sería, día tras día, siempre, como si estuviera tumbada al sol o trinchando el cordero. ¡Algo sin duda estupendo!

En consecuencia, Mabel se incorporó del diván azul y lo mismo hizo el botón amarillo en el espejo, y agitó la mano despidiéndose de Charles y Rose para demostrarles que le importaban un pimiento, y el botón amarillo desapareció del espejo, y, mientras se dirigía hacia Mrs. Dalloway para decirle «Buenas noches», todas las alabardas se clavaron en su pecho.

—Pero si es muy pronto todavía... —dijo Mrs. Dalloway, siempre tan encantadora.

—Lo siento, pero tengo que irme —respondió Miss Mabel Waring—. Pero... —añadió, con voz débil y trémula, una voz que únicamente adquiría un timbre ridículo cuando intentaba forzarla— lo he pasado estupendamente.

—Lo he pasado estupendamente —le repitió a Mr. Dalloway, con quien se cruzó en la escalera.

«¡Mentiras, mentiras, mentiras!», se dijo a sí misma mientras bajaba la escalera. «¡Totalmente dentro del plato!», se dijo, mientras daba las gracias a Mrs. Barnet por sus servicios y se envolvía, bien envuelta, con el manto chino que venía usando desde hacía veinte años.

Juntos y separados

Mrs. Dalloway los presentó, diciendo que aquel hombre le gustaría. La conversación empezó varios minutos antes de que despegaran los labios, ya que tanto Mr. Serle como Miss Anning andaban con la mirada extraviada en el cielo y, en la mente de ambos, el cielo vertía su significado, aunque de manera muy distinta, hasta el momento en que la presencia de Mr. Serle, allí a su lado, se tornó tan patente que Miss Anning ya no pudo ver el cielo, en sí mismo, simplemente, sino como fondo del alto cuerpo, los ojos oscuros, el cabello gris, las manos enlazadas y la grave melancolía (por más que le hubieran hablado de «falsa melancolía») del rostro de Roderick Serle, y, pese a ser consciente de que era una idiotez, Miss Anning se vio impelida a decir:

—¡Qué noche tan hermosa!

¡Qué insensatez! ¡Qué ridícula insensatez! Sin embargo, una tiene derecho a decir estupideces, con cuarenta años y en presencia del cielo, que tiene la virtud de convertir incluso al más sabio en imbécil —pequeños haces de paja—, y a ella y a Mr. Serle, en átomos, en vulgares motas, allí, de pie, junto a la ventana de Mrs. Dalloway, y sus vidas, a la luz de la luna, resultaban tan breves como la de un insecto y no más importantes...

—¡Bueno! —dijo Miss Anning, ahuecando con energía el almohadón del sofá. Y Mr. Serle se sentó a su lado.

¿Era él «falsamente melancólico», como le decían? Provocada por el cielo, que parecía infundir a todo un carácter un tanto trivial —lo que decían, lo que hacían—, Miss Anning volvió a decir algo absolutamente vulgar:

—En Canterbury conocí a una tal Miss Serle, cuando viví allí, de niña.

Con el cielo en la mente, todas las tumbas de sus antepasados hicieron inmediatamente acto de presencia en la mente de Mr. Serle, bajo una romántica luz azul, se dilataron y oscurecieron sus ojos, y repuso:

—Sí. Descendemos de una familia normanda que llegó a estas tierras con el Conquistador. En la catedral está enterrado un tal Richard Serle, caballero de la Orden de la Jarretera.

Miss Anning tuvo la impresión de que, por pura casualidad, había dado con el hombre verdadero sobre el cual se había construido el falso. Bajo el influjo de la luna (para Miss Anning, la luna simbolizaba al hombre; ahora podía verla por una rendija de la cortina, y de vez en cuando le echaba una ojeada), era capaz de decir cualquier cosa, y ahora se dispuso a exhumar al hombre verdadero sepultado bajo el falso, mientras se decía: «Adelante, Stanley, adelante», que era una de sus divisas, una espuela secreta o uno de esos flagelos que las personas de mediana edad suelen emplear para fustigar algún vicio inveterado, que, en su caso, era una deplorable timidez, o, más bien, indolencia, pues no era tanto que careciera de valor como de energía, especialmente en lo tocante a hablar con los hombres, que la intimidaban sobremanera, motivo por el cual su conversación aparecía, por lo general, salpicada de tópicos y vulgaridades, y tenía muy pocos amigos masculinos; poquísimas amistades íntimas masculinas en conjunto, pensó Anning, pero en realidad ¿las necesitaba? No. Tenía a Sarah, a Arthur, la casita, el perro y, por supuesto, *eso*, pensó, sumergiéndose, hundiéndose en el sofá, junto a Mr. Serle, en *eso*, en la sensación que experimentó al volver a casa de que algo se había dado cita allá, un puñado de milagros que, en su opinión, nadie más poseía (ya que era únicamente ella quien contaba con Arthur, Sarah, la casita y el perro), y volvió a sumergirse en esa posesión profundamente satisfactoria, sintiendo que con eso y la luna (música, eso era la luna) podía permitirse el lujo de hacer caso omiso de aquel hombre y de su orgulloso linaje. ¡No! Ahí estribaba el peligro..., no debía sumirse en el letargo..., a su edad, no. «Adelante, Stanley, adelante», se dijo a sí misma, y preguntó a Mr. Serle:

—¿Conoce usted Canterbury en persona?

¡Que si conocía Canterbury! Mr. Serle sonrió, pensando cuán absurda era la pregunta, cuán poco sabía aquella agradable y serena mujer, que a buen seguro tocaba algún instrumento, que parecía inteligente y tenía unos ojos bonitos, que lucía un collar antiguo, muy bello..., cuán poco sabía lo que significaba. ¡Preguntarle a él si conocía Canterbury! Cuando los mejores años de su vida, todos sus recuerdos, cosas que jamás había sido capaz de confesar a nadie, pero que sí había intentado escribir —ah, sí, había intentado escribir (y suspiró)—, todo estaba centrado en Canterbury. Realmente, era para desternillarse de risa.

Sus suspiros y después su risa, su melancolía y su sentido del humor hacían que la gente le tuviera simpatía, y él lo sabía, pero el hecho de agradar a los demás no bastaba para compensar la frustración, y si bien es cierto que le resultaba deleitante la simpatía que despertaba en los demás (efectuando largas visitas a damas agradables, largas, largas visitas), tampoco cabía negar que lo hacía, en buena parte, con amargura, por cuanto no había hecho ni la décima parte de lo que hubiera podido hacer, de lo que había soñado durante su niñez en Canterbury. Cuando se encontraba ante extraños, sentía renovarse sus esperanzas, porque ellos no podían acusarlo de no haber hecho todo lo prometido, y viendo cómo los demás sucumbían a su encanto, tenía la impresión de que todo podía comenzar de nuevo —¡a los cincuenta años!—. Miss Anning había tocado ese resorte. Campos, flores y grises edificios formaron de repente gotas de plata que resbalaban por los lóbregos y oscuros muros de su mente. Sus poemas solían comenzar con esa imagen. De repente, allí, sentado junto a aquella serena mujer, sintió deseos de crear nuevas imágenes.

—Sí, en efecto, señorita, conozco Canterbury —respondió Mr. Serle en tono evocador, nostálgico, como invitando, estimó Miss Anning, a que le formulara preguntas discretas, y este era el motivo por el que Mr. Serle parecía interesante a tantas personas, y había sido esa extraordinaria facilidad y capacidad para conversar lo que había sido su perdición, al menos eso era lo que a menudo le venía a la mente mientras se quitaba los gemelos de la camisa y ponía las llaves y las monedas encima de la cómoda, después de una de esas fiestas (salía casi todas las noches durante la temporada estival), y cuando bajaba a desayunar se transformaba por completo, mostrándose gruñón y desagradable con su esposa, que estaba inválida y nunca salía de casa, aunque tenía viejas amistades que de vez en cuando la visitaban, mujeres en su mayoría, interesadas por la filosofía hindú y por diferentes tratamientos y diferentes médicos, cosa que Roderick Serle despreciaba con alguna que otra cáustica observación, demasiado inteligente para que su mujer pudiera contradecirlo, como no fuera con dulces reconvenciones y alguna lágrima; había fracasado, pensaba a menudo Mr. Serle, por no haber sido capaz de prescindir por completo de la sociedad y del trato con las mujeres, tan necesario para él, y ponerse a escribir. Se había sumergido excesivamente en la vida... y, cuando llegaba a este punto, cruzaba las piernas (todos sus movimientos eran poco convencionales y distinguidos), y no se culpaba a sí mismo, sino que lo atribuía al carácter desbordante de su personalidad, que comparaba, con resultados a él favorables, con la de Wordsworth, por ejemplo, y como se había entregado tanto a los demás, pensaba, apoyando la cabeza en las manos, estos, a su vez, estaban obligados a ayudarle, y este fue el preludio, trémulo, fascinante, excitante, de la conversación; y las imágenes empezaban a bullir en su mente.

»Parece un frutal, un cerezo en flor —observó Roderick Serle, mirando a una mujer aún joven, de hermoso cabello blanco. No dejaba de ser una imagen agradable, pensó Ruth Anning, bastante agradable, sí, por más que no estuviera segura de que sintiera simpatía hacia aquel hombre melancólico y distinguido, ni tampoco hacia sus gestos; y resulta extraño, se dijo, cómo se dejan influir los propios sentimientos. Él no le gustaba, aunque le agradara sobremanera la comparación de una mujer con un cerezo. Las fibras de su ser flotaban caprichosamente de un lado a otro, como tentáculos de una anémona marina, ahora vivamente interesada, ahora decepcionada, y su cerebro, frío y distante, suspendido en las alturas a miles de millas de distancia, recibía mensajes que ella misma resumiría a su debido tiempo, de manera que, cuando la gente hablara de Roderick Serle (un hombre, por lo demás, muy popular), ella podría decir, sin la menor vacilación: «Me gusta» o «No me gusta», y su opinión sería inalterable. Extraño pensamiento, solemne pensamiento, el de proyectar una luz verde sobre la naturaleza de las relaciones humanas.

»Es extraño que conozca usted Canterbury —dijo

Mr. Serle—. Resulta siempre sorprendente —prosiguió (la señora del cabello blanco ya había pasado)— conocer por puro azar —era la primera vez que se veían— a alguien que de repente alude a algo que tanto ha significado para uno, y lo hace de un modo puramente accidental, por cuanto supongo que para usted Canterbury no fue más que una bella y antigua ciudad. ¿Ha dicho que pasó allí un verano, con su tía? —Esto era todo cuanto Ruth Anning le pensaba decir en lo tocante a su visita a Canterbury—. Y que visitó los monumentos, se marchó y jamás volvió a pensar en el asunto.

Que piense lo que le parezca. Como no le gustaba, Ruth Anning deseaba que Mr. Serle se fuera de su lado con una idea absurda de ella. Sí, ya que, realmente, sus tres meses en Canterbury fueron maravillosos. Recordaba hasta el último detalle, por más que se tratara de una visita meramente ocasional, de cuando estuvo en casa de Charlotte Serle, una conocida de su tía. Incluso ahora, Miss Anning era capaz de repetir textualmente las palabras que dijo Miss Serle sobre los truenos: «Cuando me despierto a medianoche y oigo un trueno, pienso: "Han matado a alguien"». Y aún podía ver la alfombra de rizo duro, con dibujos en forma de diamante, y los ojos brillantes y pacíficos de la anciana, sosteniendo la taza de té vacía cuando hizo aquel comentario sobre los truenos. Y Miss Anning siempre veía Canterbury cubierto de nubarrones y pálidas flores de manzano, y los alargados y grises muros traseros de los edificios.

Los truenos la sacaron de ese pletórico arrebato

de indiferencia propio de la madurez. «Adelante, Stanley, adelante», se dijo; este hombre no se irá de mi lado, como todos los demás, con una falsa idea de mí; le diré la verdad.

—Me enamoré de Canterbury —dijo.

Mr. Serle se animó al instante. Canterbury era su don, su defecto, su destino.

—Se enamoró usted de Canterbury —repitió Mr. Serle—. Lo entiendo.

Sus ojos se encontraron, casi chocaron, por cuanto cada uno de los dos tuvo conciencia de que, detrás de sus ojos, el yo oculto que permanece en la oscuridad mientras su ágil compañero de la superficie hace las piruetas y los gestos para que la representación prosiga se alzaba bruscamente, se despojaba de su manto y se enfrentaba con el otro. Fue algo alarmante, terrible. Eran ambos adultos y habían sido bruñidos hasta adquirir una sorprendente suavidad; de ahí que Roderick Serle fuera capaz de asistir quizá a doce fiestas por temporada sin sentir nada fuera de lo común, o a lo sumo sentimentales lamentaciones, y el deseo de imágenes hermosas —como esa del cerezo en flor—, y, en todo momento, una especie de inmutable superioridad sobre cuantos le rodeaban, una sensación de recursos sin explotar que, al volver a casa, le hacía sentirse descontento con su vida, descontento consigo mismo, bostezando, vacío e inconsecuente. Y ahora, de súbito, como una centella blanca en la neblina (imagen que se forjó por sí sola, con el inevitable carácter del relámpago, hasta el punto de resultar amenazadora), se había producido; el antiguo éxtasis de la vida; el invencible asalto; sí, por cuanto resultaba desagradable, pese a que al mismo tiempo regocijaba y rejuvenecía, y llenaba las venas y los nervios de hebras de fuego y de hielo; era, francamente, terrorífico.

—Canterbury veinte años atrás —dijo Miss Anning como quien pone una pantalla sobre una luz intensa, o cubre un melocotón ardiente con una hoja verde, por ser demasiado intenso, demasiado maduro, demasiado opulento.

A veces, Miss Anning deseaba haberse casado. A veces la fría paz de la madurez, con sus automatismos para proteger la mente y el cuerpo de roces y heridas, se le antojaba despreciable, en comparación con los truenos y la pálida flor del manzano de Canterbury. Era capaz de imaginar algo distinto, más parecido al rayo, más intenso. Podía imaginar alguna sensación física. Podía imaginar...

Y, cosa rara, por cuanto esta era la primera vez que veía a Mr. Serle, los sentidos de Miss Anning, aquellos tentáculos que la ilusionaban y la frustraban, dejaron ahora de enviar mensajes, ahora reposaban tranquilos, como si ella y Mr. Serle se conocieran perfectamente, como si en realidad estuvieran tan íntimamente unidos que les bastara con flotar río abajo, el uno junto al otro.

No hay nada más raro que las relaciones humanas, pensó Miss Anning, debido a sus cambios, a su extraordinaria irracionalidad; nada extraño, pues, que su antipatía hacia Mr. Serle se hubiera transformado en algo que casi era el más intenso y arrebatado amor, pero nada más venirle a la mente la palabra *amor*, la rechazó al instante, volviendo a pensar cuán oscura era la mente y la escasez de palabras para plasmar todas esas pasmosas percepciones, esas alternancias de dolor y placer. ¿Cómo denominarlo? Eso que ahora sentía, el alejamiento del humano afecto, la desaparición de Serle y la imperiosa necesidad que ambos tenían de ocultar eso que tan desolador y degradante era para la naturaleza humana, eso mismo que todos se esforzaban por ocultar a la vista, sepultándolo; aquel distanciamiento, aquella violación de la confianza, y mientras buscaba un modo digno, reconocido y aceptado de enterrarlo, Miss Anning dijo:

—Desde luego, hagan lo que hagan, jamás conseguirán estropear Canterbury.

Mr. Serle sonrió; lo aceptó; descruzó las piernas y volvió a cruzarlas en sentido inverso. Miss Anning había representado su papel; él, el suyo. Y de ese modo llegaron las cosas a su fin. Y sobre ambos descendió instantáneamente esa paralizante ausencia de sensaciones, cuando nada surge de la mente, cuando sus muros parecen de pizarra, cuando el vacío casi duele y los ojos, petrificados, se fijan en el mismo punto —un dibujo, un cubo de carbón—, con una exactitud que resulta terrorífica, debido a que no hay emoción, ni idea, ni impresión que acudan a cambiarlo, a modificarlo, a embellecerlo, por cuanto las fuentes del sentimiento parece que se hayan secado y la mente se torna rígida, igual que el cuerpo, pétreo como una estatua, de manera que ni Mr. Serle ni Miss Anning eran capaces de moverse o de hablar, y tuvieron la impresión de que un mago los hubiera liberado, y de que la primavera hubiera inundado sus venas con torrentes de vida, cuando Mira Cartwright, dando una maliciosa palmadita en el hombro de Mr. Serle, dijo:

—Te vi en los *Maestros Cantores* y te hiciste el loco, bribón. Mereces que no te vuelva a dirigir la palabra en la vida.

Y en ese momento pudieron separarse.

El hombre que amaba al prójimo

Aquella tarde, mientras pasaba ligero por Deans Yard, Ellis se cruzó con Richard Dalloway, o, más bien, en el preciso instante en que se cruzaron, la disimulada mirada que mutuamente se dirigieron, bajo el ala del sombrero y por encima del hombro, se ensanchó y estalló en una expresión de recíproco reconocimiento; llevaban veinte años sin verse. Habían ido al mismo colegio. ¿Y a qué se dedicaba ahora Ellis? ¿A la abogacía? Sí, claro, claro..., había seguido el caso en los periódicos. Pero allí resultaba imposible hablar. ¿Por qué no iba a su casa esa noche? (Vivían donde siempre; ahí mismo, justo al doblar la esquina.) Habría un par de invitados más. Quizá fuera Joynson. «Ahora es un pez gordo», dijo Richard.

—Muy bien... Hasta esta noche, pues —dijo Richard, y siguió su camino «la mar de contento» (lo cual era muy cierto) de haberse encontrado con aquel tipo tan curioso que no había cambiado ni un ápice desde que era un colegial; era el mismo muchacho desaliñado, regordete y mofletudo, rebosante de prejuicios, pero de una brillantez poco común, que ganó el Newcastle, y luego siguió su camino...

Sin embargo, Prickett Ellis, al volverse y ver alejarse a Dalloway, deseó no haberse encontrado con él, o, al menos, dado que siempre había sentido personal simpatía hacia él, no haberle prometido asistir a la velada. Dalloway era un hombre casado, daba fiestas, y no era, ni mucho menos, un hombre de la clase de Ellis. Tendría que vestirse de etiqueta. Sin embargo, a medida que se acercaba la noche, llegó a la conclusión de que, por el hecho de haberse comprometido con Richard, y no sintiendo deseo alguno de ser descortés, estaba obligado a ir.

¡Pero qué espantosa velada! Allí estaba Joynson, con el que nada tenía que decirse. Había sido un muchachito engreído, y ahora, al hacerse mayor, se había vuelto aún más arrogante..., y eso era todo. En el salón no había nadie más a quien Prickett Ellis conociera. Nadie. Pero como no podía irse de repente sin hablar un poco con Dalloway, que parecía completamente absorto en el cumplimiento de sus deberes de anfitrión, yendo de un lado a otro con su chaleco blanco, a Ellis no le quedó más remedio que quedarse. Era una de esas situaciones que le hacían hervir la sangre. ¡Pensar que personas adultas, hombres y mujeres responsables, hacían esto todas las noches de su vida!... Las arrugas se le intensificaron en sus mejillas afeitadas, rosas y azules, mientras, en total silencio, apoyaba la espalda en la pared. Prickett Ellis trabajaba como una mula, pero el ejercicio lo mantenía en forma, y tenía un aspecto duro y altivo, hasta el punto de que su bigote daba la impresión de estar cubierto de escarcha. Era un hombre irritable y, por lo general, crispado. Su modesto traje de etiqueta le hacía parecer desaliñado, insignificante y torpe.

Ociosos, charlatanes, endomingados, aquellos caballeros y aquellas elegantes damas, sin una sola idea en la cabeza, hablaban y reían sin cesar. Prickett Ellis los observaba y los comparaba con los Brunner, quienes, cuando ganaron el pleito contra la Destilería Fenners y recibieron doscientas libras esterlinas de indemnización (no era ni la mitad de lo que les correspondía), se gastaron cinco en un reloj para él. Aquello sí que fue un noble gesto; esas eran las cosas que le conmovían, y Prickett miró entonces con mayor severidad aún a toda aquella gente encopetada, cínica y próspera, y comparó lo que sentía en ese momento con lo que había sentido esa mañana, a las once, cuando Mr. y Mrs. Brunner, ancianos de aspecto tremendamente respetable y limpio, vestidos con sus mejores galas, le habían visitado para ofrecerle aquella pequeña muestra de gratitud, como dijo el anciano, muy erguido en el momento de soltar su discursito de gratitud y de respeto, por la gran competencia con que ha llevado usted nuestro caso, y Mrs. Brunner añadía, con voz débil, que, en su opinión, todo se lo debían a él. Y los dos estaban profundamente agradecidos por su generosidad, porque era evidente que él, Prickett Ellis, no había querido cobrar.

Y, cuando cogió el reloj y lo puso en la repisa de

la chimenea, Prickett Ellis deseó que nadie viera su rostro. Para eso trabajaba..., esa era su recompensa. Y miró a las personas que tenía delante como si flotaran sobre aquella escena que había tenido lugar en su despacho, y constituyera una acusación contra ellos, y cuando la imagen se hubo esfumado —cuando Mr. y Mrs. Brunner se esfumaron—, no quedó allí más que él, Prickett Ellis, enfrentado a ese grupo hostil, como un hombre absolutamente sencillo, sin el menor refinamiento, un hombre del pueblo (en ese momento se irguió), muy mal vestido, de mirada colérica, sin el más leve atisbo de distinción, un hombre al que le costaba ocultar sus sentimientos, un hombre normal y corriente, un ser humano ordinario que luchaba contra el mal, la corrupción y la despiadada naturaleza de la sociedad. Decidió, pues, que no seguiría mirando. Se puso las gafas y contempló los cuadros. Leyó los títulos de una hilera de libros, casi todos eran de poesía. Mucho le hubiera gustado releer a algunos de sus autores favoritos —Shakespeare, Dickens—; también le habría encantado tener tiempo para ir a la National Gallery, pero no podía, no, realmente le resultaba imposible..., imposible de verdad..., máxime habida cuenta del estado del mundo. Resultaba imposible cuando a todas horas del día venía gente a pedirle ayuda a uno, cuando imploraban ayuda a gritos. La presente época no era momento para lujos. Y miró los sillones, los abrecartas y los libros bien encuadernados, y sacudió la cabeza, consciente de que jamás dispondría del tiempo suficiente, y jamás tendría, pensó con satisfacción, el valor suficiente para permitirse semejantes lujos. La gente que allí había se habría quedado escandalizada de saber el precio del tabaco que consumía, o el hecho de que había tenido que pedir prestado el traje que llevaba puesto. Su único capricho era el barquito que tenía en Norfolk Broads. Eso sí se lo había permitido. Le gustaba alejarse de todo y de todos, al menos una vez al año, y tumbarse en el campo. Pensó en lo mucho que se sorprenderían —aquellas personas tan elegantes— si supieran el gran placer que le proporcionaba eso que él denominaba, en términos anticuados, el amor a la naturaleza: los árboles y los campos que había conocido desde que era niño.

Esas personas tan elegantes se quedarían sorprendidas y escandalizadas. De hecho, mientras se guardaba las gafas en el bolsillo, sintió que se transformaba en un ser cada vez más chocante. Y la sensación le resultó de lo más desagradable. Su sentimiento —que amaba a la humanidad, que gastaba tan solo cinco peniques por una onza de tabaco y que amaba la naturaleza— no tenía nada de sencillo o de natural. Cada uno de estos placeres se había convertido en una protesta. Tenía la impresión de que aquella gente a la que despreciaba le obligaba a permanecer allí, a hablar y a justificarse. «Soy un hombre corriente», no dejaba de repetir. Y lo que añadió a continuación le dio verdadera vergüenza decirlo, pero lo dijo de todos modos: «Hago en un solo día más por la humanidad que vosotros en toda vuestra vida». Realmente no podía ponerse freno; no hacía más que recordar escenas y escenas, como aquella en que los Brunner le regalaron el reloj..., y no hacía más que evocar las cosas hermosas que la gente había dicho de él, de su humanidad, de su generosidad, de lo mucho que les había ayudado. Se veía como el sabio y humilde servidor de la humanidad, y sentía irreprimibles ansias de repetir esas frases en voz alta. Era muy desagradable que la conciencia de su bondad hirviera solo en su fuero interno. Y era todavía más desagradable no poder contarle a nadie lo que la gente había dicho de él. Gracias a Dios, repetía una y otra vez, mañana volveré a mi trabajo. Pero, llegado a ese punto, ya no le bastaba con el mero hecho de coger la puerta y marcharse a casa; necesitaba quedarse, necesitaba quedarse hasta que se hubiera justificado. Pero ¿cómo iba a hacerlo? En aquel salón rebosante de gente no había nadie con quien pudiera hablar.

Por fin se le acercó Richard Dalloway.

—Te presento a Miss O'Keefe —le dijo. Miss O'Keefe lo miró directamente a los ojos. Era una mujer un tanto arrogante y de modales bruscos, de unos treinta y tantos años de edad.

Miss O'Keefe quería un helado o algo para beber. Y el motivo por el que se lo pidió a Prickett Ellis de una manera que, a juicio de este, le parecía altiva e injustificable, era que, aquella ardiente tarde, Miss O'Keefe había visto a una mujer y a dos niños, muy pobres, muy cansados, pegados a la verja de una plaza, mirando. ¿Por qué no les dejan entrar?, había pensado Miss O'Keefe, en tanto que su compasión crecía como una ola, y hervía de indignación. No, dijo acto seguido, reprendiéndose a sí misma con dureza, como si se tirara de las orejas. Ni siquiera toda la fuerza del mundo entero sería capaz de lograrlo. De modo que recogió la pelota de tenis y la devolvió. Ni siquiera toda la fuerza del mundo sería capaz de lograrlo, se dijo furiosa, y esa era la razón por la que tan imperiosamente ordenó a aquel desconocido: «Tráigame un helado».

Mucho antes de que Miss O'Keefe se hubiera tomado el helado, Prickett Ellis, de pie junto a ella y sin tomar nada, le dijo que llevaba quince años sin asistir a una fiesta, que el traje de etiqueta que llevaba se lo había prestado su cuñado, y que, además, no le gustaban aquella clase de veladas, y le habría tranquilizado enormemente seguir hablando a Miss O'Keefe, confesarle que era un hombre corriente, que apreciaba a la gente corriente, y contarle después (aunque luego se hubiera avergonzado de ello) lo ocurrido con los Brunner y la anécdota del reloj, pero justo en ese momento Miss O'Keefe le preguntó:

—¿Ha visto usted *La Tempestad*?

Y luego (ya que Prickett Ellis no había visto *La Tempestad*), ¿había leído tal libro? Que no otra vez. Y, a continuación, dejando el helado, ¿nunca leía poesía?

Y, sintiendo que en su interior se alzaba algo capaz de estrangular a aquella mujer, de convertirla en su víctima, de destrozarla con saña, Prickett Ellis la obligó a sentarse allí, abajo, donde nadie pudiera molestarlos, en dos sillas, en el jardín desierto, ya que en ese momento todos estaban en la casa, y allí únicamente se podía oír un zumbido, un murmullo, un parloteo y un tintineo, como el acompañamiento de una fantasmal orquesta a una pareja de gatos deslizándose sobre el césped, y el estremecimiento de las hojas, y los frutos amarillos y rojos como farolillos chinos balanceándose de acá para allá, allí donde la conversación parecía una frenética música de danza para esqueletos, compuesta con un fin muy real y rebosante de sufrimientos.

—¡Qué hermoso! —exclamó Miss O'Keefe.

Sí, en efecto, resultaba hermosa aquella porción de terreno cubierta de césped, con las torres de Westminster, altas y negras, agrupadas a su alrededor, después de haber estado en el salón; había silencio, después de tanto ruido. A fin de cuentas, tenían esto: la mujer fatigada y los niños.

Prickett Ellis encendió la pipa. Esto sorprendió desagradablemente a Miss O'Keefe, tanto más cuanto que aquel la había llenado con una picadura apestosa de cinco peniques y medio la onza. Se imaginó tumbado en su yatecito, fumando, y se vio a sí mismo, solo, de noche, fumando bajo las estrellas. Y es que durante toda la velada no había dejado de preguntarse ni por un instante qué habría pensado de él toda esa gente de haberlo visto en su barco. Mientras encendía una cerilla rascándola contra la suela del zapato, le dijo a Miss O'Keefe que no veía nada que destacara por su hermosura.

—Es posible —dijo Miss O'Keefe— que a usted no le interese la belleza.

(Prickett Ellis le había dicho que no había visto *La Tempestad*, que tampoco había leído el libro; y eso por no hablar de su aspecto desaliñado, todo él bigote, barbilla y cadena de plata para el reloj.) Miss

O'Keefe pensó que, para gozar de esas cosas, no era preciso pagar siquiera un penique; los museos son gratuitos, igual que la National Gallery; y no digamos el campo. Claro que ella conocía los obstáculos —la colada, la cocina, los hijos—, pero la verdad esencial, lo que todos temían decir, era que la felicidad es algo sumamente barato. Se adquiere por nada. La belleza.

Entonces Prickett Ellis dio su merecido a aquella pálida, brusca y arrogante mujer. Soltando una bocanada de humo apestoso, empezó a contarle todo lo que había hecho ese día. A las seis, en pie; entrevistas; el olor de una tubería reventada en un inmundo y miserable barrio; luego, al juzgado.

En ese punto, Prickett Ellis dudó, deseoso como estaba de contarle sus hazañas. Y, comoquiera que al final reprimió el impulso, sus palabras adquirieron mayor causticidad. Dijo que le daba náuseas ver a mujeres bien alimentadas y mejor vestidas (ella frunció los labios, dado que era flaca y su vestido dejaba mucho que desear) hablar de belleza.

—¡Belleza! —dijo Prickett Ellis. Temía que no entendiera la belleza como algo separado de los seres humanos.

Ambos contemplaban el jardín desierto, cuyas luces se balanceaban, y en el que un gato dubitativo, justo en el centro, levantaba una pata.

¿La belleza como algo separado de los seres humanos? ¿Qué quería decir con ello?, preguntó bruscamente Miss O'Keefe.

Pues bien, quería decir lo siguiente. Cada vez más agitado, Prickett Ellis le contó lo ocurrido con los Brunner y el reloj, sin ocultar el íntimo orgullo que sentía. Eso era hermoso.

Miss O'Keefe no tenía palabras con que expresar el horror que la historia provocó en ella. En primer lugar, la vanidad de Prickett Ellis; en segundo lugar, la manera indecente de que hablaba de los sentimientos humanos; era una blasfemia; nadie en el mundo tenía derecho a contar una historia así a fin de demostrar que amaba al prójimo. Sin embargo, mientras Prickett Ellis hablaba —de cómo el anciano, puesto en pie y erguido, pronunciaba sus palabras de agradecimiento—, las lágrimas inundaron los ojos de Miss O'Keefe. ¡Ah, si a ella le hubiera dicho alguien una cosa así! Pero, pese a todo, Miss O'Keefe volvió a sentir que era eso precisamente lo que condenaba sin remedio a la humanidad; la gente nunca llegaría más allá; siempre se limitaría a contar conmovedoras escenas con relojes; siempre habría Brunners soltando discursos a los Prickett Ellis; y los Prickett Ellis jamás dejarían de repetir lo mucho que amaban a su prójimo, y siempre serían perezosos, transigentes y temerosos de la belleza. De ahí nacían las revoluciones: de la pereza, del temor y de este amor a las escenas conmovedoras. Pese a todo, los Brunner, de algún modo, generaban placer a aquel hombre, y ella estaba condenada a sufrir siempre, siempre, por las pobres mujeres que veía tras las verjas de las plazas. En consecuencia, guardaron silencio, los dos allí sentados. Se sentían muy desdichados. Sí, ya que lo que había dicho en nada aliviaba a Prickett Ellis; y, en vez de arrancar la espina a Miss O'Keefe, no había hecho sino hundírsela más. La felicidad que Prickett Ellis experimentara aquella mañana había quedado hecha trizas. Miss O'Keefe se sentía confusa y molesta, como fango en vez de como agua clara.

—Mucho me temo que soy uno más de esos seres normales y corrientes —dijo Prickett Ellis, poniéndose en pie—, uno de esos seres que aman a su prójimo.

Ante lo cual, Miss O'Keefe casi gritó: «Yo también».

Y, odiándose mutuamente, odiando a toda aquella gente que les había proporcionado esa velada de desilusión y de dolor, aquella pareja de amantes del prójimo se levantó y se despidió, sin decir palabra, para siempre.

La señora en el espejo: un reflejo

La gente no debería colgar espejos en las paredes de las habitaciones, como tampoco debería dejar por ahí, a la vista de cualquiera, talonarios de cheques o cartas abiertas en las que se confiesa un horrendo crimen. Aquella tarde de verano, era imposible apartar la mirada del alargado espejo que colgaba fuera, en el gran vestíbulo. El azar así lo había dispuesto. Desde las profundidades del diván, en la sala de estar, se podía ver, reflejados en el espejo italiano, no solo la mesa de mármol situada enfrente, sino también una parte del jardín, más allá. Se podía distinguir un largo sendero de césped que discurría por entre macizos de flores altas, hasta que el marco dorado del espejo lo cortaba en una esquina.

La casa estaba vacía y, dado que no había nadie más en la sala de estar, te sentías como uno de esos naturalistas que, camuflados entre la hierba y las hojas, se agazapan sin quitar ojo a los animales más tímidos —tejones, nutrias, martines pescadores—

que merodean libremente por los alrededores como si nadie los viera. Aquel atardecer, la habitación estaba atestada de seres así de tímidos, de luces y de sombras, de cortinas agitadas por el viento, de pétalos cayendo —cosas que nunca ocurren, o eso parece, cuando alguien está mirando—. La vieja y silenciosa estancia campestre, con sus alfombras, su chimenea de piedra, sus empotradas estanterías para libros y sus escritorios laqueados en rojo y oro, estaba poblada de esos seres nocturnos. Se acercaban contoneándose, y cruzaban así el suelo, pisando delicadamente de puntillas, con sus colas en abanico y picoteando con picos insinuantes, como grullas o bandadas de elegantes flamencos que hubieran perdido su color rosa, o como pavos reales con las colas veteadas de plata. También había sombríos resplandores y oscurecimientos, como si una sepia hubiera teñido bruscamente el aire de púrpura. Y, al igual que un ser humano, la sala bullía de turbias pasiones, de furias, de envidias y tristezas. Nada permanecía idéntico por espacio de más de dos segundos.

Pero, fuera, el espejo reflejaba la mesa del vestíbulo, los girasoles y el sendero del jardín con tanta nitidez y fijeza que parecían estar allí coagulados en su propia realidad. Constituía un extraño contraste: todo inestabilidad aquí; todo inmovilidad allá, y resultaba imposible evitar que la mirada saltara de un sitio a otro. Y a todo esto, y en vista de que las puertas y ventanas permanecían abiertas al calor, se oía un perpetuo suspiro incesante, como la voz de lo transitorio y perecedero yendo y viniendo como el aliento humano, en tanto que en el espejo las cosas habían dejado de alentar y estaban quietas e inmóviles en el éxtasis de la inmortalidad.

Media hora antes, la dueña de la casa, Isabella Tyson, había recorrido el sendero del jardín con su ligero vestido de verano y un cesto en el brazo, y había desaparecido tras el marco dorado del espejo. Cabía presumir que hubiera ido a la parte baja del jardín a coger flores, aunque también parecía más natural suponer que se propusiera cortar una planta ligera, fantástica, frondosa y trepadora, una clemátide o uno de esos elegantes haces de corregüela que se retuercen sobre los feos muros, y ofrecen aquí y allá el estallido de sus brotes blancos y violetas. Isabella evocaba más la fantástica y trémula corregüela que el erecto áster o la almidonada zinnia, o incluso sus propias rosas ardientes y encendidas como lamparillas en lo alto de sus arborescentes tallos. Esta comparación denotaba lo poco que sabíamos de ella después de tantos años; pues es imposible que una mujer de carne y hueso, a sus cincuenta y cinco o sesenta años, sea realmente una guirnalda o un zarcillo. Semejantes símiles son peor que superficiales y estériles; son incluso crueles, por cuanto se interponen como la mismísima corregüela, temblorosamente, entre la propia mirada y la verdad. Porque ha de existir una verdad, de la misma forma que ha de haber un muro. Y, sin embargo, no se podía decir que fuera extraño que, conociéndola como se la conocía después de tantos años, resultara imposible decir la verdad sobre Isabella, hasta el punto de tener que recurrir a expresiones sobre corregüelas y clemátides. En cuanto a los hechos, no cabía la menor duda de que Isabella era una solterona, rica, que había comprado aquella casa y adquirido con gran esfuerzo —a menudo en los más oscuros rincones del mundo y arriesgándose a ser víctima de picaduras venenosas y enfermedades orientales— las alfombras, las butacas y los escritorios que ahora vivían su existencia nocturna ante nuestros ojos. A veces daba la sensación de que aquellos objetos sabían acerca de ella más de lo que nosotros, que nos sentábamos en ellos, escribíamos en ellos y caminábamos tan cuidadosamente sobre ellos, teníamos derecho a saber. En cada uno de aquellos escritorios había numerosos cajoncitos, y cada uno de ellos contenía, casi con toda certeza, cartas atadas con lazos, cubiertas con tallos de lavanda o pétalos de rosa. Porque también era un hecho —si es que son los hechos lo que importa— que Isabella había conocido a mucha gente, había tenido muchas amistades; por lo que si alguien hubiera tenido la audacia de abrir uno de aquellos cajoncillos y leer sus cartas, habría hallado indicios de abundantes emociones, citas a las que acudir, reproches por haber faltado a esas citas, largas cartas de intimidad y afecto, violentas cartas de celos y acusaciones, terribles cartas de ruptura y despedida, ya que todos aquellos compromisos y citas habían quedado en nada, sobre todo si tenemos en cuenta que Isabella nunca contrajo matrimonio, pero que, a juzgar por la indiferencia de su faz, que era como una máscara, había vivido veinte veces más pasiones y experiencias que quienes pregonan sus amores a los cuatro vientos. Bajo la tensión de pensar en Isabella, aquella estancia se tornaba más sombría y simbólica; los rincones, más oscuros, y las patas de las sillas y de las mesas, más torneadas y jeroglíficas.

Estas reflexiones concluyeron bruscamente, aunque sin producir ruido alguno. Una gran silueta negra se cernió sobre el espejo, lo borró todo, depositó sobre la mesa un montón de losetas de mármol veteadas de rosa y gris, y desapareció. La escena quedó totalmente alterada. En un primer momento pareció irreconocible, irracional y por completo borrosa. Era imposible relacionar aquellas losetas con propósito humano alguno. Y luego, poco a poco, cierto proceso lógico logró dotarlas de orden y sentido, hasta acabar situándolas en el marco de los normales aconteceres. Solo entonces fue posible advertir que se trataba de simples cartas. La silueta en cuestión había traído el correo.

Allí estaban, sobre la mesa de mármol, rezumando todas ellas, al principio, luz y un color crudo y tosco. Y fue extraño ver cómo quedaban después incorporadas, dispuestas y armonizadas, hasta llegar a formar parte del cuadro, impregnándose de la quietud e inmortalidad que el espejo confería. Quedaron de ese modo revestidas de una nueva realidad y una nueva importancia, y dotadas también de una mayor solidez, como si, para separarlas de la mesa, hubiera sido necesario un escoplo. Y tanto si se trataba de verdad como de fantasía, no parecía que fueran ahora un puñado de vulgares cartas, sino que se hubieran transformado en tablillas con la verdad eterna grabada en ellas; quien pudiera leerlas sabría cuanto humanamente se podía saber de Isabella, sí, y también acerca de la vida.

Las páginas contenidas en aquellos sobres de aspecto marmóreo por fuerza habrían de tener un significado profundamente tallado y claramente grabado. Isabella entraría, las cogería, una a una, muy despacio, las abriría, las leería detenidamente, palabra por palabra, y luego, con un profundo suspiro de comprensión, como si hubiera captado todo lo allí transmitido, rasgaría los sobres en menudos trocitos, ataría el montoncito de cartas y las cerraría bajo llave en uno de los cajones del escritorio, resuelta a ocultar lo que no deseaba que nadie supiera.

Este pensamiento fue como un desafío. Isabella no quería que la conocieran, pero no podría seguir evitándolo durante mucho tiempo. Era absurdo, era monstruoso. Si tanto ocultaba y si tanto sabía, sería preciso abrir a Isabella con el instrumento que más al alcance tuviera: la imaginación. Había que fijar la mente en ella en ese preciso instante. Había que retenerla allí. Había que resistirse a dejarse intimidar con palabras y hechos como los que en ese determinado momento se proponían: cenas, visitas, conversaciones galantes. Había que ponerse en los zapatos de Isabella. Tomando esta última frase en su sentido literal, resultaba fácil ver los zapatos que calzaba en ese preciso instante allí en la parte baja del jardín; zapatos muy estrechos, alargados y muy elegantes, hechos del más suave y flexible cuero, exquisitos como todo lo que llevaba. Y ahora estaría de pie, junto al elevado seto, en la parte baja del jardín, alzando las tijeras que llevaba colgadas en la cintura, para cortar una flor marchita, una rama excesivamente crecida. El sol le daría en la cara, incidiría en sus ojos; pero no, en el momento crítico, una nube cubriría el sol, dibujando en sus ojos una expresión dubitativa: ¿burlona o tierna, brillante o mate? Únicamente se podría ver el perfil impreciso de su bello rostro, un tanto difuminado, mirando al cielo. Es posible que pensara que debía comprar una redecilla nueva para las fresas, que debía mandar flores a la viuda de Johnson, que había llegado el momento de ir a visitar a los Hippesley en su nueva casa. Ciertamente, esas eran las cosas de las que hablaba durante la cena, pero estaba harta de esas cosas. Era su ser más íntimo lo que te proponías aprehender y verter en palabras, ese estado que es a la mente lo que la respiración es al cuerpo, lo que llamamos felicidad o desdicha. Al mencionar esas palabras, quedaba patente sin duda que Isabella debía de ser feliz. Era rica, distinguida, tenía muchos amigos, viajaba, compraba alfombras en Turquía y cerámica azul en Persia. Avenidas de placer partían en todas direcciones desde el lugar en que ahora se encontraba, con sus tijeras alzadas para podar las ramas temblorosas mientras nubecillas tenues le velaban el rostro.

Y, justo en ese momento, con un rápido movimiento de tijeras, cortó una rama de clemátides, que cayó al suelo. En el instante de caer, la luz se tornó más intensa y fue posible sin duda adentrarse un poco más en su ser. Se vio invadida por la pena y el remordimiento... Cortar una rama que había crecido en exceso la entristecía, debido a que la rama era un ser vivo y para Isabella la vida era un don sumamente preciado. Sí, y al mismo tiempo, la caída de la rama debía de recordarle que ella también habría de morir y debía hacerle pensar asimismo en la futilidad y el carácter perecedero de las cosas. Y una vez más, apartando rápidamente este pensamiento de sí, con su buen juicio, pensó que la vida la había tratado bien, e incluso teniendo en cuenta que también ella habría de caer, sería para yacer en la tierra y pudrirse lentamente entre las raíces de las violetas. Y allí, de pie, permanecía abstraída, y aunque incapaz de precisar ningún pensamiento concreto —por cuanto era una de esas personas reservadas, acostumbradas a retener sus reflexiones envueltas en nubes de silencio—, Isabella rebosaba pensamientos por doquier. Su mente era a imagen y semejanza de su sala de estar, donde las luces avanzaban y retrocedían, hacían piruetas y, contoneándose y pisando delicadamente, desplegaban la cola y se abrían camino a picotazos, y entonces todo su ser quedaba impregnado, lo mismo que su sala de estar, de una nube de profunda comprensión, de un pesar secreto, y en ese momento quedaba toda ella repleta de cajoncillos cerrados bajo llave, rebosantes de cartas, como sus escritorios. Hablar de «abrirla» como si fuera una ostra, emplear con ella las mejores herramientas, las más sutiles y dúctiles, resultaba irreverente y absurdo. Había que imaginar..., y de repente irrumpía en el espejo. Menudo sobresalto.

Al principio estaba tan lejos que resultaba imposible verla con claridad. Se acercaba despacio, deteniéndose de vez en cuando, enderezando una rosa aquí, alzando un clavel allá para olerlo, pero sin detenerse en ningún momento. Y cada vez se hacía más y más grande en el espejo, y más y más plenamente la persona en cuya mente deseabas penetrar. Gradualmente comprobabas su personalidad e integrabas en aquel cuerpo visible las cualidades recién descubiertas. Allí estaba su vestido gris verdoso, sus alargados zapatos, su cesto y algo que brillaba en su garganta. Se acercaba de una manera tan gradual que, lejos de perturbar las formas reflejadas en el espejo, aportaba un elemento nuevo, un suave movimiento que alteraba a los demás objetos, como si cortésmente les pidiera que le hicieran sitio también a ella. Y las cartas, y la mesa, y el sendero, y los girasoles que habían estado aguardando en el espejo se separaron y desplegaron para acogerla. Hasta que, por fin, llegó al vestíbulo. Se detuvo. Se quedó de pie junto a la mesa, completamente inmóvil. Inmediatamente el espejo comenzó a derramar sobre ella una luz que parecía clavarla allí, que parecía actuar como un ácido que corroía lo accesorio y superficial, dejando tan solo lo esencial. Era un espectáculo fascinante. Todo se desprendía de Isabella —nubes, vestido, cesta, diamante—, todo lo que habías llamado corregüela o clemátide. Allí abajo estaba el sólido muro. Aquí la mujer, de pie, desnuda, bajo la luz despiadada. No había nada. Isabella estaba completamente vacía. No tenía pensamientos, ni amigos; nadie le importaba. En cuanto a las cartas, no eran más que facturas. Mírala ahí, de pie, vieja y angulosa, surcada por abultadas venas y arrugas, la nariz alta y el cuello lleno de pliegues, ni siquiera se toma la molestia de abrirlas.

La gente no debería colgar espejos en sus habitaciones.

La duquesa y el joyero

Oliver Bacon vivía en un ático con vistas a Green
Park. Se trataba de un coqueto apartamento. Las
sillas estaban debidamente colocadas en sus rincones, sillas tapizadas en piel. Los sofás, forrados con
tapicería, estaban perfectamente alineados bajo los
miradores de tres largas ventanas provistas de dis-
cretos visillos y cortinas de satén estampadas. El
aparador de caoba ocupaba un discreto espacio,
mostrando una acertada selección de *brandies*, *whis-
kies* y licores selectos. Y, desde el ventanal central,
Oliver Bacon contemplaba los relucientes techos de
los elegantes automóviles aglomerados en las estre-
chas arterias de Piccadilly. Difícilmente podía imagi-
narse un lugar más céntrico. A las ocho en punto de
la mañana, un criado le servía el desayuno en una
bandeja y, acto seguido, le traía su batín carmesí.
Oliver Bacon, entonces, procedía a abrir la corres-
pondencia con sus largas y afiladas uñas, y extraía
gruesos tarjetones blancos de invitación, en los que

sobresalían, de forma destacada, los nombres de duquesas, condesas, vizcondesas y honorables damas. Después, Oliver Bacon se aseaba, se tomaba sus tostadas y leía el periódico a la brillante luz de una lámpara eléctrica.

«Hay que ver, Oliver —decía para sí—. Tú que naciste en una sucia calleja, tú que...», y bajaba la vista hacia sus piernas, tan elegantes, enfundadas en unos pantalones de corte perfecto, hacia sus botas y sus polainas. Todo impecable, reluciente, del mejor paño, cortado por las mejores tijeras de Savile Row. Pero, a menudo, Oliver Bacon se derrumbaba y volvía a ser un niño en una oscura calleja. Por aquel entonces estaba convencido de que lo máximo a lo que podía aspirar era a vender perros robados a elegantes damas de Whitechapel. Una vez, sin embargo, lo pillaron. «¡Ay, Oliver! —se lamentaba su madre—, ¿cuándo sentarás la cabeza, hijo mío?» Poco tiempo después, Oliver empezó a trabajar detrás de un mostrador, vendiendo relojes baratos. Luego llevó un maletín a Ámsterdam... Cada vez que se acordaba, rompía a reír por lo bajo: el viejo Oliver evocando sus años mozos. Sí, había hecho un espléndido negocio con los tres diamantes, y no digamos con la comisión de la esmeralda. Más tarde pasó a ocupar un despacho privado en la trastienda de Hatton Garden; el cuarto donde estaban las balanzas, la caja fuerte, lupas. Y posteriormente..., posteriormente... Se echó a reír discretamente. Cuando Oliver pasaba junto a los grupitos de joyeros, en los cálidos atardeceres, que hablaban de precios, minas de oro, diamantes y noticias de Sudáfrica, siempre había alguno que se ponía un dedo en los labios y murmuraba «hum-m-m», mirándolo de soslayo. No era más que un murmullo, un golpecito en el hombro, un dedo en los labios, un leve rumor que recorría los grupitos de joyeros de Hatton Garden un cálido atardecer..., ¡hacía tanto ya de eso! Y, sin embargo, Oliver todavía podía sentir, recorriéndole a lo largo de la espina dorsal, aquel murmullo, aquel golpecito en el hombro que venía a significar: «Miradle, el joven Oliver, el joven joyero, por ahí va». Y, en efecto, por aquel entonces era joven. Vestía cada vez mejor. Tuvo, primero, un cabriolé; después, un automóvil; y primero fue a platea, y luego, al palco. Y adquirió una villa en Richmond, junto al Támesis, con pérgolas cubiertas de flores rojas; y Mademoiselle cortaba para él todas las mañanas una rosa y se la ponía en el ojal, a él, a Oliver.

—Vaya, vaya... —dijo Oliver Bacon, incorporándose y estirando las piernas—. Vaya, vaya....

Se detuvo junto al retrato de una anciana colocado encima de la chimenea y alzó los brazos. «He cumplido mi palabra», dijo, juntando las manos, como si rindiera homenaje a la vieja dama. «He ganado la apuesta.» Y no mentía; era el joyero más rico de Inglaterra; pero una nariz, larga y flexible como la trompa de un elefante, parecía indicar, por el curioso temblor de sus aletas (aunque bien se hubiera dicho que no eran solo las aletas sino la nariz entera la que temblaba), que todavía no estaba satisfecho, que aún detectaba cierto olor un poco más allá, bajo tierra. Imaginemos un cerdo gigantesco en un terreno fecundo en trufas; después de desenterrar unas cuantas, olfatea un poco más allá, otra mayor, más negra, bajo tierra. Pues, de igual manera, Oliver detectaba siempre, en la rica tierra de Mayfair, el olor de otra trufa, más grande, más negra, un poco más lejos.

Ajustó la perla de su alfiler de corbata, se enfundó en su elegante abrigo azul, cogió los guantes amarillos y el bastón, bajó las escaleras con un ligero balanceo y, en el momento de salir a Piccadilly, resopló y suspiró por su larga y afilada nariz. Y es que, ¿acaso no seguía siendo un hombre triste e insatisfecho, un hombre que continuaba buscando algo oculto, pese a haber ganado su apuesta?

Acostumbraba a balancearse un poco al caminar, igual que un camello del zoo se balancea cuando avanza por los senderos de asfalto, transportando a tenderos acompañados de sus mujeres, que comen el contenido de bolsas de papel y arrojan al suelo trocitos de papel de plata arrugados. El camello desprecia a los tenderos; el camello nunca está contento con su suerte; el camello ve el lago azul y la orla de palmeras a su alrededor. De igual manera, el gran joyero, el mayor joyero del mundo, avanzaba balanceándose por Piccadilly, impecablemente vestido, con sus guantes, con su bastón, pero pese a todo insatisfecho, hasta llegar a esa oscura tiendecilla, famosa en Francia, en Alemania, en Austria, en Italia y en toda América: la oscura tiendecilla de Bond Street.

Como de costumbre, cruzó la tienda sin decir palabra, por más que los cuatro hombres, los dos mayores, Marshall y Spencer, y los dos jóvenes,

Hammond y Wicks, se irguieran tras el mostrador y lo miraran con envidia. Oliver se limitó a mover un dedo enfundado en su guante de color ámbar como modo de reconocer la presencia de sus empleados, antes de entrar y cerrar tras de sí la puerta de su despacho privado.

Acto seguido abrió la reja que protegía la ventana, dejando que el griterío de Bond Street y el murmullo distante del tráfico entraran en la sala. La luz reflejada en la parte trasera de la tienda se proyectaba hacia lo alto. Era junio y un árbol agitaba seis hojas verdes. Pero Mademoiselle se había casado con Mr. Pedder, empleado de la fábrica de cervezas de la localidad, y ahora nadie le ponía flores en el ojal.

Vaya, vaya —dijo, medio suspirando, medio resoplando—. Vaya, vaya...

Entonces oprimió un resorte que había en la pared y un panel de madera se abrió lentamente, dejando al descubierto las cajas fuertes de acero, cinco; no, seis, todas ellas de bruñido acero. Accionó una llave y abrió una de las cajas; luego otra. Todas ellas estaban forradas de grueso terciopelo carmesí, y en todas había joyas: pulseras, collares, anillos, tiaras, coronas ducales, piedras preciosas sueltas en cajitas de cristal, rubíes, esmeraldas, perlas, diamantes. Todas a buen recaudo, relucientes, frías, pero ardiendo, eternamente, con su propia luz comprimida.

—¡Lágrimas! —dijo Oliver, contemplando las perlas.

—¡Corazones sangrantes! —añadió, mirando los rubíes.

—¡Pólvora! —prosiguió, revolviendo los diamantes de manera que lanzaran destellos y llamas—. Pólvora suficiente para volar Mayfair por los aires.

Y echó la cabeza hacia atrás, emitiendo sonidos como los del relincho de un caballo.

Justo en ese momento, el teléfono emitió un sonido de untuosa cortesía, en sordina. Oliver se apresuró a cerrar la caja fuerte.

—Dentro de diez minutos —dijo—. Imposible antes.

Dicho lo cual, se sentó ante el escritorio y permaneció absorto contemplando los bustos de los emperadores romanos grabados en los gemelos de su camisa. Y una vez más se derrumbó, y otra vez volvió a ser el muchachuelo que jugaba a las canicas en aquel callejón solitario donde los domingos vendían perros robados. Y de nuevo se transformó en taimado y astuto muchachito, de labios rojos como cerezas húmedas; ese mismo que metía los dedos en montones de tripas, los hundía en sartenes llenas de pescado frito; se escabullía entre el gentío. Era flaco, ágil, con ojos como piedras pulidas. Y ahora..., ahora..., las manecillas del reloj de péndulo seguían avanzando haciendo tictac, uno, dos, tres, cuatro... La duquesa de Lambourne esperaba porque así lo había decidido él; la duquesa de Lambourne, descendiente de cien duques. Esperaría durante diez minutos, en una silla junto al mostrador. Esperaría por explícito deseo de Oliver. Esperaría hasta que él quisiera atenderla. Por fin miró el reloj en su caja forrada de cuero. Las manecillas seguían avanzando. Con cada uno de sus tictacs, el reloj ofrecía a Oliver —o, al menos, eso es lo que a él le parecía— paté de *foie gras*, una copa de champán, otra de coñac de solera, un habano de una guinea. El reloj los iba depositando ante él, sobre la mesa, a su lado, mientras transcurrían los diez minutos. Al cabo, oyó ruido de pasos, suaves y lentos, y el frufrú de un vestido acercándose por el pasillo. Se abrió la puerta. Mr. Hammond se pegó cuanto pudo a la pared.

—¡Su excelencia, la duquesa! —anunció.

Y aguardó allí, pegado a la pared.

Y Oliver, al incorporarse, oyó el frufrú del vestido de la duquesa, que se acercaba por el pasillo. Acto seguido apareció ella, ocupando por entero el vano de la puerta, inundando la estancia con el aroma, el prestigio, la arrogancia, la pompa y el orgullo de todos los duques y las duquesas alzados en una enorme ola. Y, de la misma forma que rompe una ola, la duquesa rompió al sentarse, avanzando y salpicando, derramando sobre Oliver Bacon y cubriéndolo de vivos y destellantes colores: verdes, rosas, violetas; y de olores, y de iridiscencias, y de rayos que centelleaban en sus dedos, se desprendían de sus plumas, rebrillaban en la seda, ya que la duquesa era una mujer muy corpulenta, muy gruesa, embutida en un vestido de tafetán rosa, y que había pasado ya la flor de la vida. Y de la misma manera que una sombrilla llena de volantes se cierra, o que un pavo real recoge sus plumas, la duquesa se apaciguó y se replegó en el momento en que se dejaba caer en el sillón de cuero.

—Buenos días, Mr. Bacon —saludó la duquesa,

tendiéndole la mano que emergía de la abertura de su guante blanco.

Oliver se inclinó profundamente para estrecharla. Y, justo en el instante en que sus manos entraron en contacto, se restableció el vínculo que los unía. Eran amigos, y sin embargo enemigos; él era amo, ella era ama; cada cual engañaba al otro; cada cual necesitaba al otro; cada cual temía al otro; y los dos tenían plena conciencia de ello cada vez que sus manos se encontraban así, en la pequeña trastienda, con la luz blanca en el exterior, el árbol con sus seis hojas, el rumor de la calle a lo lejos, y las cajas fuertes detrás de ellos.

—Dígame, duquesa, ¿en qué puedo servirla hoy? —inquirió Oliver en voz baja.

La duquesa le abrió el corazón de par en par. Y, con un suspiro, aunque sin decir palabra, extrajo del bolso una alargada escarcela de cuero que parecía un flaco hurón amarillo. Y por una abertura de la barriga del hurón, la duquesa dejó caer unas cuantas perlas, diez para ser exactos. Rodaron desde la abertura del vientre del hurón —una, dos, tres, cuatro...— como huevos de un ave celestial.

—Es todo cuanto me queda, mi querido Mr. Bacon —dijo, en tono lastimero.

Cinco, seis, siete... y siguieron rodando por las pendientes de las vastas montañas cuyas laderas se hundían entre sus rodillas, hasta llegar a un angosto valle, la octava, la novena y la décima. Y allí se quedaron, en el brillo del tafetán del color de la flor del melocotón. Diez perlas.

—Las últimas perlas del cinto de los Appleby —añadió, dolida, la duquesa—. Las únicas que quedaban.

Oliver se inclinó y cogió una de las perlas entre el índice y el pulgar. Era redonda y reluciente. Pero ¿sería real o falsa? ¿Estaría mintiéndole de nuevo? ¿Sería capaz de hacerlo otra vez?

La duquesa se llevó un dedo rollizo a los labios.

—Si el duque lo supiera... —suspiró—. Querido Mr. Bacon, he tenido una racha de mala suerte...

¿Habría vuelto a jugar, realmente?

—¡Ese granuja! ¡Ese estafador! —dijo la duquesa, entre dientes.

¿El hombre del pómulo roto? Un mal bicho, ciertamente. Y el duque, que era recto a carta cabal, con sus patillas, la dejaría sin un céntimo, la encerraría si supiera lo que sé yo, pensó Oliver, dirigiendo una mirada fugaz a la caja de caudales.

—Araminta, Dafne, Diana —gimió la duquesa—. Es para *ellas*.

Sus hijas: Araminta, Dafne, Diana... Oliver las conocía, las adoraba, aunque era a Diana a quien amaba.

—Conoce usted todos mis secretos —dijo la duquesa, mirando de soslayo a Oliver y vertiendo algunas lágrimas, lágrimas como diamantes que arrastraban el polvo acumulado en los surcos de sus mejillas del color de la flor del cerezo.

»Viejo amigo, viejo amigo —murmuró la duquesa.

—Vieja amiga, vieja amiga —repitió Oliver, como si lamiera sus palabras.

»¿Cuánto? —preguntó Oliver.

La duquesa cubrió las perlas con la mano.

—Veinte mil —susurró.

Pero ¿era auténtica o falsa la perla que Oliver tenía en la mano? El cinto de los Appleby..., ¿acaso no lo había vendido ya la duquesa? Llamaría a Spencer o a Hammond para que testificaran su autenticidad. Y con esa intención alargó la mano para tocar el timbre.

—¿Vendrá usted mañana? —le preguntó en ese instante la duquesa, en tono de encarecida invitación, interrumpiendo de ese modo a Oliver—. El primer ministro... Su Alteza Real... —Guardó silencio—. Y Diana —añadió.

Oliver retiró la mano del timbre.

Miró, por encima del hombro de la duquesa, las paredes traseras de las casas de Bond Street. Pero lo que realmente veía no eran las casas, sino un río turbulento, repleto de truchas y salmones que saltaban, y el primer ministro, y también se vio a sí mismo con chaleco blanco, y luego vio a Diana. Bajó la vista hacia la perla que tenía en la mano. ¿Cómo iba a verificar su autenticidad a la luz del río, a la luz de los ojos de Diana? La duquesa no le quitaba ojo de encima.

—Veinte mil —gimió la duquesa—. ¡Mi honor está en juego!

¡El honor de la madre de Diana! Oliver cogió el talonario y sacó la pluma.

«Veinte...», empezó a escribir. Pero de repente se detuvo. Los ojos de la anciana del retrato lo estaban mirando; los ojos de aquella anciana, que era su madre.

«¡Oliver! —le previno—. Un poco de sentido común. ¡No seas idiota!»

—¡Oliver! —suplicó la duquesa (ahora era «Oliver», no «Mr. Bacon»)—. ¿Vendrá, pues, a pasar con nosotros un largo fin de semana?

¡A solas en el bosque con Diana! ¡Cabalgando a solas por el bosque con Diana!

«Mil», escribió, y firmó el talón.

—Aquí tiene.

Y cuando la duquesa se incorporó, todos los volantes de la sombrilla se abrieron de golpe, todas las plumas del pavo real se desplegaron, los reflejos de la ola, las espadas y las lanzas de Agincourt. Y los dos viejos empleados y los dos jóvenes, Spencer y Marshall, Wicks y Hammond, se pegaron cuanto pudieron a la pared, detrás del mostrador, envidiando a Oliver, mientras este acompañaba a la duquesa hasta la puerta. Y Oliver agitó su guante amarillo ante las narices de los cuatro, y la duquesa conservó su honor —un talón de veinte mil libras con la firma del joyero— firmemente entre sus manos.

«¿Serán auténticas o falsas?», se preguntaba Oliver mientras cerraba la puerta de su despacho privado. Allí estaban, las diez perlas sobre el papel secante, en el escritorio. Fue con ellas hacia la ventana. Las observó detenidamente a la luz con la lupa... ¡Aquella era la trufa que había extraído de la tierra! ¡Completamente podrida por dentro..., podrida en el corazón!

—¡Perdóname, madre! —suspiró el joyero, alzando las manos, como si implorara el perdón de la anciana del retrato. Y, una vez más, volvió a ser el pequeñuelo en el callejón donde los domingos vendían perros robados.

»Porque —murmuró, juntando las palmas de la mano— va a ser un largo fin de semana.

Lappin y Lapinova

Se acababan de casar. Sonaba la marcha nupcial. Las palomas volaban. Muchachos con chaquetas de Eton lanzaban arroz. Un fox terrier correteaba por el sendero, al tiempo que Ernest Thorburn llevaba del brazo a su esposa hasta el automóvil, a través de ese curioso grupo formado por individuos absolutamente extraños que en Londres siempre se congrega para gozar con la felicidad o la desdicha de otros. Él era un joven bien plantado y ella parecía una muchacha tímida. Arrojaron más arroz, y el automóvil emprendió la marcha.

Eso acaeció un martes. Ahora era sábado. Rosalind seguía sin acostumbrarse al hecho de haberse convertido en la esposa de Ernest Thorburn. Puede que nunca llegara a acostumbrarse a ser la señora de nadie, pensó, mientras contemplaba, sentada en el mirador del hotel, las montañas que se alzaban más allá del lago, esperando que su marido bajara a desayunar. Resultaba difícil acostumbrarse al nombre de

Ernest. Ese, ciertamente, no era el nombre que ella habría elegido. Rosalind hubiera preferido Timothy, Anthony o Peter. Además, tampoco él tenía aspecto de llamarse Ernest. Ese nombre le traía a la mente el Albert Memorial, aparadores de caoba, grabados del príncipe consorte con su familia; en una palabra, el comedor de su suegra en Porchester Terrace.

Y allí estaba él. A Dios gracias no tenía aspecto de Ernest..., no. Pero ¿de qué tenía aspecto? Rosalind lo miró de soslayo. Pues sí, mientras se comía las tostadas tenía todas las trazas de un conejito. Aunque también era preciso reconocer que nadie, excepto ella, hubiera percibido parecido alguno entre un ser tan diminuto y tímido y aquel joven, elegante y musculoso, con su nariz recta, ojos azules y labios de muy firme trazo. Pero, precisamente por eso, resultaba mucho más divertido. Fruncía muy levemente la nariz al comer, como el conejo que ella tenía en casa. Fascinada con su descubrimiento, se quedó un buen rato observándolo, y cuando él la sorprendió mirándolo, tuvo que explicarle por qué se reía.

—Porque pareces un conejo, Ernest —dijo Rosalind. Y, sin dejar de mirarlo, añadió—: Un conejo de campo; un conejo cazador; el rey conejo; un conejo que dicta la ley a los demás conejos.

Ernest no tuvo nada que objetar a ser un conejo de esa clase y, dado que a Rosalind le divertía ver cómo se le fruncía la nariz —cosa que hasta la fecha nadie le había dicho—, la frunció adrede. Y Rosalind rio con ganas, y él también rio, de tal modo que las solteronas, el pescador y el camarero suizo con su grasienta chaqueta negra adivinaron que eran muy felices. Pero ¿cuánto tiempo dura esa clase de felicidad?, se preguntaron; y cada cual respondía de acuerdo con sus personales circunstancias.

A la hora del almuerzo, sentados sobre unas matas de brezo, a la orilla del lago, Rosalind le preguntó:

—¿Un poco de lechuga, conejito? —Ofreciéndole la lechuga que les habían servido para que la comieran con los huevos duros—. Acércate y tómala de mi mano.

Y Ernest se acercó, mordisqueó la lechuga y frunció la nariz.

—Eres un conejo muy bueno y gentil —dijo Rosalind, acariciándolo como solía acariciar al conejo que tenía en casa. Pero aquello era ridículo. Ernest podía ser muchas cosas, pero no era un conejo domesticado. Decidió, pues, recurrir al francés, y le llamó Lapin. Pero, fuera lo que fuese, no era un conejo francés. Era lisa y llanamente inglés, nacido en Porchester Terrace, educado en Rugby, y ahora empleado en la administración pública de su Majestad. De modo que probó a llamarlo «Bunny», pero fue aún peor. «Bunny» era un tipo regordete, fofo y cómico; mientras que Ernest era delgado, duro y serio. Y sin embargo fruncía la nariz.

—Lappin —exclamó Rosalind de repente, y dio un leve grito como si hubiera dado justo con la palabra que buscaba.

—Lappin, Lappin, Rey Lappin —repitió Rosalind. Parecía irle como anillo al dedo. No era Ernest; era el Rey Lappin. ¿Por qué? Eso Rosalind no lo sabía.

Cuando no hallaban un nuevo tema de conversación durante sus largos y solitarios paseos; cuando llovía —tal como todo el mundo les había advertido—; o cuando permanecían sentados al anochecer junto al fuego, porque hacía frío, y las viejas solteronas y el pescador se habían marchado, y el camarero solo venía si se le llamaba con el timbre, Rosalind dejaba volar su imaginación con la historia de la tribu Lappin. Bajo sus manos —ella cosía y Ernest leía—, los personajes se tornaban seres muy reales, muy vivos, muy divertidos. Ernest dejaba el periódico a un lado y la ayudaba. Había conejos negros y conejos rojos; había conejos amigos y conejos enemigos. Vivían en un bosque rodeado de prados y un pantano. Pero, ante todo, estaba el Rey Lappin, quien, lejos de tener una única destreza —la de fruncir la nariz—, adquirió con el paso del tiempo una fuerte personalidad, hasta el punto de que no había día en que Rosalind descubriera en él alguna nueva cualidad. Aunque, por encima de todo, era un gran cazador.

—¿Y qué ha hecho hoy el Rey? —preguntó Rosalind el último día de su luna de miel.

Lo cierto es que se habían pasado todo el santo día trepando por la montaña, y a ella le había salido una ampolla en el talón, pero no se refería a eso.

—Hoy —repuso Ernest, sin dejar de fruncir la nariz mientras mordía la punta de un cigarro— he perseguido a una liebre. —Hizo una pausa, encendió una cerilla y volvió a fruncir la nariz—. Una liebre hembra —precisó.

—¡Una liebre blanca! —exclamó Rosalind, como si hubiera esperado que tal cosa ocurriera—. ¿Una liebre pequeñita, gris plateada y con unos ojos grandes y brillantes?

—Sí —dijo Ernest, mirando a Rosalind igual que esta lo había mirado a él—; un animalillo pequeño, con los ojos más bien saltones y las dos patitas delanteras levantadas. —Así era exactamente como Rosalind estaba sentada, con su labor colgando entre las manos, y con esos ojos suyos, grandes, resplandecientes y ligeramente protuberantes.

—¡Ah, Lapinova! —murmuró Rosalind.

—¿Es así como se llama —preguntó Ernest— la auténtica Rosalind? —Ernest la miró y comprendió que estaba muy enamorado de ella.

—En efecto, así es como se llama —dijo Rosalind—. Lapinova.

Y aquella noche, antes de acostarse, todo quedó decidido. Él era el Rey Lappin; ella, la Reina Lapinova. Cada uno de ellos era lo contrario del otro. Él era audaz y decidido; ella, prudente y caprichosa. Él reinaba en el ajetreado mundo de los conejos; el de ella era un lugar misterioso y desolado, por el que vagaba preferentemente a la luz de la luna. No obstante, sus territorios eran limítrofes; eran rey y reina.

Así pues, cuando regresaron de la luna de miel, se encontraron en posesión de un mundo propio, habitado únicamente por conejos, con la salvedad de la liebre blanca. Nadie sospechaba que tal lugar existiera, lo cual hacía que todo fuera mucho más divertido. Ello les hacía sentirse incluso más unidos frente al resto del mundo que la mayoría de los recién casados. A menudo se miraban con gesto cómplice cuando la gente hablaba de conejos, bosques, cepos y cacerías. O intercambiaban un furtivo guiño, de un lado a otro de la mesa, cuando la tía Mary decía que era incapaz de soportar ver una liebre en una bandeja, por su gran parecido con un recién nacido; o cuando John, el hermano de Ernest, les contaba el precio a que se pagaban los conejos, piel incluida, aquel otoño en Wiltshire. A veces, cuando necesitaban un guardabosques o un cazador furtivo o un señor feudal, se divertían atribuyendo los cargos entre sus conocidos. El papel de terrateniente, por ejemplo, le venía de perlas a Mrs. Reginald Thorburn, la madre de Ernest. Pero todo era secreto, y eso era lo bueno. Nadie, salvo ellos, sabía de la existencia de aquel mundo.

Rosalind se preguntaba a menudo cómo habría podido soportar aquel invierno sin ese mundo. Hubo, por ejemplo, la celebración de las bodas de oro de los padres de Ernest, y todos los Thorburn se reunieron en Porchester Terrace para conmemorar el quincuagésimo aniversario de aquella unión que tantas bendiciones había recibido —¿acaso no había producido a Ernest Thorburn?— y que tan fecunda había resultado, pues ¿no había acaso generado otros nueve hijos e hijas, muchos de ellos casados a su vez e igualmente fecundos? A Rosalind le horrorizaba aquella fiesta, pero era inevitable. Y mientras subía las escaleras pensaba con amargura que era hija única, y además huérfana; una simple gota de agua en aquel océano de Thorburns reunidos en el gran salón, con el reluciente papel satinado de las paredes y los imponentes retratos de familia. Los Thorburn vivos se parecían mucho a los retratados, con la salvedad de que tenían labios de verdad, en vez de labios pintados; y de aquellos mismos labios comenzaron a brotar historias, historias del colegio, la historia que acaeció el día en que le retiraron la silla en la que se iba a sentar a la institutriz; historias de ranas y de cómo las habían introducido entre las virginales sábanas de viejas solteronas. Pero ella, Rosalind, ni siquiera sabía lo que era hacer la petaca en una cama. Con su regalo en la mano, Rosalind se acercó a su suegra suntuosamente vestida de satén amarillo, y hacia su suegro, que lucía en la solapa un espléndido clavel amarillo. Sobre las mesas y las sillas se encontraban los áureos tributos, unos dispuestos entre algodones; otros ramificándose resplandecientes... candelabros, cajas de puros, cadenas, todos ellos con la marca del joyero atestiguando que eran de oro macizo, contrastado y auténtico. Pero el regalo de Rosalind solo era una simple cajita de similor con agujeritos; una vieja salvadera, reliquia del siglo XVIII, otrora utilizada para esparcir arena sobre la tinta húmeda. Un regalo un tanto absurdo, se dijo, en la era del papel secante. Y, en el momento de entregárselo, Rosalind vio ante sí la redonda caligrafía con que su suegra le expresara, el día de su petición de mano, la esperanza de que «Mi hijo te haga feliz». No, Rosalind no era feliz. Ni mucho menos. Miró a Ernest, tieso como una vara, con una nariz igual que todas las narices de los retratos de familia; una nariz que, de hecho, no se fruncía para nada.

Luego bajaron a cenar. Rosalind permanecía medio oculta tras los grandes crisantemos que orlaban sus pétalos rojos y dorados formando grandes bolas compactas. Todo era dorado. Una tarjeta ribeteada de oro, con doradas iniciales entrelazadas, enumeraba la lista de todos los platos que, uno tras otro, les servirían a los comensales. Rosalind hundió la cuchara en un plato lleno de un caldo dorado y claro. La luz de las lámparas había transformado la cruda y blanca niebla exterior en una malla áurea que difuminaba los contornos de los platos y confería a las piñas una pátina dorada y rugosa. Tan solo ella, con su blanco vestido de boda y su mirada perdida y ausente, parecía rígida como un carámbano.

Sin embargo, a medida que avanzaba la cena, el vapor fue inundando la sala. Las frentes de los hombres se fueron perlando de gotas de sudor. Rosalind sentía que aquel carámbano que ella era se iba transformando en agua. Se derretía por momentos, se fundía, se disolvía en la nada y, de seguir así las cosas, no tardaría en desvanecerse. Fue justo entonces cuando, en medio de la confusión de su cabeza y la barahúnda que llegaba a sus oídos, oyó una voz de mujer que exclamaba: «¡Hay que ver cómo se reproducen!».

Los Thorburn, en efecto; hay que ver cómo se reproducen, repitió Rosalind haciendo eco a las palabras que acababa de oír y mirando alternativamente los rostros redondos y coloreados que parecían duplicarse en medio de aquel vértigo que la invadía y crecer en la neblina dorada que los envolvía a los dos. «¡Cómo se reproducen, señor!» Y, acto seguido, John bramó:

—¡Malditos demonios!... ¡Hay que acabar con ellos! ¡Pisotearlos con botas de doble suela! ¡Es la única forma de tratar a esos malditos conejos!

Y al oír esa palabra mágica, Rosalind revivió. Atisbando por entre los crisantemos, vio que Ernest fruncía la nariz. Su nariz, en efecto, se estremecía, se agitaba, se arrugaba una y otra vez. Y entonces los Thorburn fueron víctimas de una misteriosa catástrofe. La dorada mesa se metamorfoseó en una desolada landa repleta de aulagas en flor; el rumor de las voces se convirtió en la risa de una calandria que descendía del cielo. Era un cielo azul por el que las nubes pasaban despacio. Y todos los Thorburn se habían transformado. Rosalind miró a su suegro, un hombrecillo de furtivo aspecto con bigote teñido que tenía la manía de coleccionar cosas —sellos para sellar con lacre, cajitas esmaltadas, baratijas procedentes de tocadores del siglo XVIII, que escondía en los cajones de su escritorio para que su mujer no las viera. Ahora Rosalind lo vio tal y como realmente era: un cazador furtivo que huía con los bolsillos del chaquetón repletos de faisanes y perdices para guisar a escondidas en el cuenco de tres patas que guardaba en su pequeña y ahumada cabaña. Ese era realmente su suegro: un cazador furtivo. Y Celia, la hija soltera, tan dada ella a meter la nariz en los asuntos ajenos, en las cosillas que los demás intentaban ocultar, era un hurón blanco, con ojos color de rosa, y con grumos de tierra en la nariz de tanto hurgar y husmear en el suelo. Cargada a hombros, en una red, y arrojada después a un hoyo... ¡qué vida tan lamentable la de Celia! Pero la culpa no era suya. Así es como Ro-

103

salind vio a Celia. Y luego miró a su suegra, a quien apodaban El Terrateniente. Congestionada, vulgar, tiránica, todo eso era, mientras, puesta en pie, daba las gracias, pero ahora Rosalind —es decir, Lapinova— la veía, a sus espaldas la decrépita mansión familiar, con el yeso desprendiéndose de las paredes, y la oía, con un sollozo en la voz, dando las gracias a sus hijos (que la odiaban) por un mundo que había dejado de existir. De repente se produjo un brusco silencio. Todos se pusieron de pie y alzaron sus copas, bebieron y así terminó todo.

—¡Ah, Rey Lappin —exclamó Rosalind cuando volvían a casa envueltos en la niebla—, si no hubieras fruncido la nariz justo en aquel momento, habría caído en la trampa!

—Pero ahora estás a salvo —dijo el Rey Lappin, apretándole la patita.

—Completamente a salvo —repuso Lapinova.

Y así regresaron por Hyde Park en su coche, el rey y la reina de las tierras pantanosas, de las brumas y de los páramos perfumados por las aulagas.

Y pasó el tiempo: un año, dos. Y una noche de invierno, que casualmente coincidió con el aniversario de las bodas de oro —bien es cierto que, para entonces, Mrs. Reginald Thorburn había muerto, la casa se ofrecía en alquiler, y en ella únicamente vivía un guardés—, Ernest volvió del despacho. Tenían una casa pequeña pero agradable; la mitad de una vivienda situada sobre una guarnicionería en South Kensington, muy cerca del metro. Era una noche fría y brumosa y Rosalind estaba sentada ante la chimenea cosiendo.

—¿A que no adivinas lo que me ha ocurrido hoy? —dijo Rosalind, tan pronto su marido se hubo sentado con las piernas estiradas hacia el fuego—. Pues bien, estaba cruzando el arroyo cuando...

—Pero ¿de qué arroyo hablas? —la interrumpió Ernest.

—Pues ¿de qué arroyo iba a ser? Del que hay al fondo, donde nuestro bosque linda con el bosque negro —le explicó Rosalind.

Por un momento, Ernest se quedó perplejo.

—Pero ¿de qué demonios hablas?

—¡Mi querido Ernest! —exclamó Rosalind, consternada—. Rey Lappin —añadió balanceando las patitas delanteras ante el fuego.

Pero esta vez Ernest no frunció la nariz. Las manos de Rosalind (porque de nuevo se habían convertido en manos) se crisparon sobre la tela que estaba cosiendo; los ojos casi se le salieron de las órbitas. Ernest, por su parte, necesitó menos de cinco minutos para transformarse en el Rey Lappin, y durante la espera, Rosalind sintió una opresión en la nuca, como si alguien se dispusiera a retorcerle el pescuezo. Finalmente, Ernest se convirtió en el Rey Lappin, frunció la nariz y ambos pasaron la noche vagando por el bosque, como acostumbraban a hacer.

Pero Rosalind durmió mal. Se despertó a medianoche con la sensación de que algo raro le ocurría. Estaba rígida y fría. Encendió la luz y miró a Ernest, que yacía a su lado. Dormía profundamente. Roncaba; pero, pese a los ronquidos, su nariz permanecía profundamente inmóvil, como si jamás se hubiera fruncido. ¿Era posible que aquel hombre fuera realmente Ernest, y que ella estuviera realmente casada con él? Y entonces Rosalind vio surgir ante sus ojos el salón de su suegra, y allí estaban los dos sentados, Ernest y ella, envejecidos, bajo los grabados, frente al aparador... Era el día de sus bodas de oro, y aquella visión le resultaba insoportable.

—¡Lappin, Rey Lappin! —musitó, y por un momento parecía que la nariz de Ernest se fruncía espontáneamente. Pero él seguía dormido.

—¡Despierta, Lappin, despierta! —gritó Rosalind.

Ernest se despertó, y al verla allí sentada, muy rígida, a su lado, preguntó:

—¿Qué ocurre?

—Creía que mi conejo se había muerto —repuso Rosalind, lloriqueando.

Ernest, entonces, se enojó.

—Ya está bien de tonterías, Rosalind —replicó—. Acuéstate y sigue durmiendo.

Ernest se dio la vuelta. Momentos más tarde estaba profundamente dormido y roncando.

Pero Rosalind no podía dormir. Permanecía hecha un ovillo en su lado de la cama, como una liebre en su guarida. Había apagado la luz, pero la farola de la calle iluminaba débilmente el techo, y los árboles del exterior dibujaban en él unas sombras que parecían una especie de encaje, como un bosque umbrío por el que Rosalind vagaba, daba vueltas y más vueltas, se retorcía, entraba y salía, giraba y giraba, cazaba y la cazaban, oía el aullido de los lebreles y el sonido de los cuernos; huía, escapaba... hasta que la doncella abrió los postigos y le sirvió el té de la mañana.

Ese día Rosalind no fue capaz de concentrarse en nada. Tenía la sensación de haber perdido algo; como si su cuerpo hubiera encogido, como si se hubiera tornado pequeño, negro y duro. Tenía sus articulaciones rígidas, y, cuando se miraba en el espejo, cosa que hizo en reiteradas ocasiones mientras vagaba por la casa, le parecía que los ojos se le hubieran salido de sus órbitas, como las grosellas de un pastel. Asimismo, tenía la sensación de que las habitaciones se hubieran encogido. Los muebles, muy grandes, sobresalían formando extraños ángulos, y Rosalind tropezaba sin cesar con ellos. Hasta que por fin se puso el sombrero y salió a la calle. Anduvo a lo largo de Cromwell Road, y cada vez que echaba un vistazo hacia el interior de las casas ante las que pasaba, le parecía ver salones donde la gente comía, sentada bajo grabados realizados sobre planchas de acero, con gruesas cortinas amarillas adornadas con encajes, y aparadores de caoba. Por fin llegó al Museo de Ciencias Naturales, al que tanto le gustaba ir de niña. Pero lo primero que vio al entrar fue una liebre disecada, con ojos de cristal rosado, erguida sobre nieve falsa. Sin que supiera por qué, la liebre le hizo temblar de la cabeza a los pies. Quizá se sintiera mejor al caer la tarde. Regresó a casa y se sentó junto al fuego sin encender la luz y trató de imaginar que se encontraba sola en un paraje desolado, por el que discurría rápido un arroyo, y, al otro lado del arroyo, había un bosque oscuro. Pero Rosalind no podía cruzar el arroyo. De ahí que decidiera agazaparse en la orilla, sobre la hierba húmeda, y se acurrucó en el sillón, con las manos vacías colgando, y la mirada vidriada, como si sus ojos fueran de cristal, fija en el fuego. Entonces sonó un disparo... Rosalind se sobresaltó como si el tiro se lo hubieran dado a ella. Pero lo cierto es que era Ernest, que giraba la llave en la cerradura. Rosalind esperó temblorosa. Ernest entró y encendió la luz. Allí estaba, alto, apuesto, frotándose las manos enrojecidas por el frío.

—¿Qué haces aquí, sentada en la oscuridad? —preguntó.

—¡Oh, Ernest, Ernest! —exclamó Rosalind, rebullendo en el sillón.

—A ver, ¿qué te ocurre ahora? —preguntó Ernest con cierta brusquedad, calentándose las manos junto al fuego.

—Es Lapinova —dijo Rosalind con voz titubeante, mirándolo como enajenada con sus grandes ojos asustados—. Se ha marchado, Ernest. ¡La he perdido!

Ernest frunció el entrecejo. Oprimió con fuerza los labios.

—¡Vaya! ¿Conque se trata de eso? —dijo, dirigiendo a su esposa una sonrisa sardónica. Y allí se quedó, en pie, silencioso, por espacio de diez segundos, y Rosalind esperó, sintiendo que una mano le oprimía la nuca.

—Sí —habló Ernest al fin—. Pobre Lapinova...

Se ajustó el nudo de la corbata ante el espejo que había en la repisa de la chimenea.

—Quedó atrapada en un cepo —dijo—. Ha muerto.

Y se sentó y se puso a leer tranquilamente el periódico.

Y de esta manera concluyó aquel matrimonio.

El legado

«Para Sissy Miller.» Gilbert Clandon cogió el broche de perlas que se encontraba entre un montón de anillos y broches en la mesita de la sala de estar de su esposa y leyó la inscripción: «Para Sissy Miller, con cariño».

Era muy propio de Ángela acordarse incluso de Sissy Miller, su secretaria. Y, sin embargo, qué raro resultaba, pensó Gilbert Clandon una vez más, que lo hubiera dejado todo tan ordenado, un obsequio para cada uno de sus amigos. Parecía que hubiera presentido que iba a morir. Y, no obstante, gozaba de excelente salud cuando salió de casa aquella mañana, seis semanas atrás; cuando bajó de la acera en Piccadilly y el coche la mató.

Gilbert Clandon estaba esperando a Sissy Miller. Le había pedido que acudiera; le debía, pensaba Gilbert, aquella muestra de gratitud después de tantos años a su servicio. Sí, siguió pensando, mientras la esperaba sentado, era raro que Ángela lo hubiera

111

dejado todo tan ordenado. Había legado a cada uno de sus amigos una pequeña muestra de consideración y afecto. Cada anillo, cada collar, cada cajita china —sentía pasión por esas cajitas— llevaba un nombre grabado. Y cada objeto le traía a Gilbert algún recuerdo. Esto es un regalo que él le había hecho. Ese otro —el delfín de esmalte con ojos de rubí— lo había localizado ella en un callejón de Venecia. Aún recordaba Gilbert el grito de júbilo que había dado al verlo. Para él, naturalmente, no había dejado nada en particular, excepción hecha de su diario. Quince menudos volúmenes encuadernados en cuero verde, que estaban allí, a sus espaldas, sobre el escritorio de Ángela. Desde el día en que se casaron, Ángela había llevado un diario. Algunas de sus contadas, no podía llamarlas riñas, a lo sumo discusiones matrimoniales, habían tenido como causa ese diario. Cuando Gilbert llegaba a casa y la encontraba escribiendo, ella siempre cerraba el diario o cubría con la mano lo que estaba escribiendo. «No, no, no —la oía todavía decir—, quizá cuando me haya muerto.» De manera que le había dejado el diario, a modo de legado. Era lo único que no habían compartido mientras ella vivía. Pero Ángela siempre había dado por sentado que él moriría antes que ella. Si se hubiera detenido, aunque solo hubiera sido un instante, a pensar en lo que estaba haciendo, ahora Ángela estaría viva. Pero había bajado de la acera sin mirar, bruscamente, tal y como dijo el conductor del automóvil en su declaración judicial. No, Ángela no le había dado la oportunidad de frenar... Justo en ese momento, el ruido de voces en el vestíbulo interrumpió las reflexiones de Gilbert.

—Miss Miller, señor —anunció la doncella.

Y Miss Miller entró. Gilbert nunca la había visto a solas, y mucho menos en tan lamentable estado. Miss Miller estaba terriblemente afectada, y no era para menos. Ángela había sido para ella mucho más que una persona cuyos servicios pagaba. Había sido una amiga. Para él, sin embargo, pensó Gilbert mientras le ofrecía una silla para que se sentara, Miss Miller apenas se distinguía de cualquier otra mujer de su clase. Había miles de Sissys Miller —mujercitas vulgares con una cartera negra bajo el brazo. Pero Ángela, con su talento para comprender a su prójimo, había descubierto todo género de virtudes en Sissy Miller. Era la discreción personificada, siempre callada, tan leal y digna de confianza que le podías contar cualquier cosa.

Al principio Miss Miller fue incapaz de despegar los labios. Permaneció sentada, enjugándose las lágrimas con un pañuelo. Después hizo un esfuerzo.

—Discúlpeme, Mr. Clandon —dijo.

Gilbert respondió con un murmullo. Por supuesto que la comprendía. Era natural. Podía imaginar lo que su esposa había significado para ella.

—He sido tan feliz en esta casa —dijo Sissy Miller, lanzando una mirada a su alrededor. Sus ojos se detuvieron en el escritorio situado detrás de Gilbert. En esa mesa trabajaban ella y Ángela. Sí, ya que Ángela asumía las obligaciones que le caen en suerte a la esposa de un destacado político, cual era el caso de Gilbert. Ángela había sido su máximo apoyo a lo largo de toda su carrera. Gilbert las había visto a menudo, sentadas en aquella mesa, Sissy ante la máquina de escribir, copiando las cartas que Ángela le dictaba. Sin duda alguna, Miss Miller estaba pensando lo mismo. Ahora, todo lo que Gilbert tenía que hacer era entregarle el broche que su esposa le había legado. Un obsequio bastante incongruente al parecer. Mejor hubiera sido dejarle una suma en metálico, o incluso la máquina de escribir. Pero allí estaba: «Para Sissy Miller, con cariño». Y, cogiendo el broche, Gilbert se lo entregó, acompañado de un discursito que había preparado para la ocasión. Le constaba, dijo, que Sissy sabría valorarlo. Su esposa lo había lucido en muchas ocasiones... Y Sissy, al recibir el broche, contestó como si ella también hubiera preparado un discursillo, que guardaría la presea como un tesoro. Gilbert suponía que Miss Miller dispondría de otros vestidos con los que el broche tuviera un aspecto más acorde. Sissy vestía una chaquetita negra y una falda de idéntico color que parecía ser el uniforme de su profesión. Gilbert entonces recordó que también ella iba de luto entonces, porque había sufrido una tragedia personal; un hermano al que adoraba había fallecido un par de semanas antes que Ángela. ¿Había sido un accidente? Solo recordaba que Ángela se lo había contado. Ángela, con su capacidad de compasión, parecía terriblemente afectada. A todo esto, Miss Miller se había levantado y se estaba poniendo los guantes. Era evidente que no quería ponerse pesada. Sin embargo, Gilbert no podía dejarla partir sin decir algo referente a su futuro. ¿Qué proyectos tenía? ¿Podría ayudarla en algo?

Miss Miller tenía la vista fija en la mesa ante la que se sentaba a escribir a máquina, la mesa donde se encontraban los diarios. Y, perdida en sus recuerdos de Ángela, tardó en responder al ofrecimiento de Gilbert. Por un momento pareció no comprender sus palabras. Por eso, Gilbert repitió:

—¿Qué planes tiene para el futuro, Miss Miller?

—¿Planes? Bueno, no hay ningún problema, Mr. Clandon —exclamó—. Por favor, no se preocupe por mí.

Gilbert Clandon interpretó esas palabras en el sentido de que Miss Miller no necesitaba ayuda económica alguna. Comprendió entonces que habría sido más oportuno formular este tipo de ofrecimiento por escrito. Lo único que ahora podía hacer era decirle, mientras le estrechaba la mano:

—Recuerde, Miss Miller, que si puedo hacer algo por usted será para mí un auténtico placer.... —Acto seguido abrió la puerta.

Sissy Miller se detuvo en el umbral, como si de pronto se le hubiera ocurrido una idea repentina.

—Mr. Clandon —dijo, mirándolo fijamente por primera vez; y, por primera vez, Gilbert se quedó impresionado por la expresión comprensiva a la vez que inquisitiva de los ojos de Miss Miller—, si alguna vez puedo hacer yo algo por usted, sepa que lo consideraré un auténtico placer, en recuerdo de su esposa...

Y, dicho lo cual, se marchó. Sus palabras y la expresión que las acompañó resultaron inesperadas.

Casi parecía que Miss Miller creyera o esperara que Gilbert la fuera a necesitar. Una idea curiosa, casi fantástica, le vino a la mente cuando volvió a sentarse. ¿Sería acaso posible que durante todos aquellos años en que él ni siquiera se había fijado en Miss Miller, ella hubiera albergado en su interior, como dicen los novelistas, una pasión por él? Al pasar frente al espejo se había visto reflejado en él. Había rebasado los cincuenta, pero no podía dejar de reconocer que todavía era, tal como el espejo lo testificaba, un hombre de aspecto extremadamente distinguido.

—¡Pobre Sissy Miller! —dijo para sí Gilbert, medio riendo.

¡Cuánto le habría gustado compartir aquella graciosa anécdota con su mujer! Instintivamente volvió a centrar la atención en los diarios de su difunta esposa. Abriendo uno al azar, leyó: «Gilbert tenía un aspecto maravilloso». Era como si Ángela hubiera respondido a su pregunta. Desde luego, parecía decir, ejerces una gran atracción sobre las mujeres. Y, naturalmente, Sissy Miller también lo pensaba. Siguió leyendo: «¡Qué orgullosa estoy de ser su esposa!». Y él siempre se había sentido muy orgulloso de ser su marido. Con cuánta frecuencia, cuando salían a cenar a cualquier sitio, Gilbert la miraba desde el otro lado de la mesa y se decía: ¡Es la mujer más adorable de todas las que hay aquí! Y siguió leyendo. Ese primer año Gilbert se presentó como candidato al Parlamento. Los dos recorrieron todo el distrito electoral. «Cuando Gilbert se sentó, la ovación fue abrumadora. El público se puso en pie y cantó:

"Es un muchacho excelente…". Yo estaba conmovida». También él recordaba aquel momento. Ángela estaba sentada en la tribuna, a su lado. Recordaba, como si fuera ese mismo día, la mirada que le había dirigido, con los ojos llenos de lágrimas. ¿Y luego? Pasó más páginas. Habían ido a Venecia. Gilbert recordaba muy bien aquellas felices vacaciones después de su elección. «Tomamos helados en Florian.» Gilbert sonrió… Ángela era todavía una niña; le volvían loca los helados. «Gilbert me hizo un relato apasionante de la historia de Venecia. Me contó que los Dogos…», lo había escrito todo con su caligrafía de colegiala. Una de las cosas maravillosas de viajar en compañía de Ángela eran sus inagotables ansias de aprender. Repetía una y otra vez que era terriblemente ignorante, como si ese no fuera precisamente uno de sus mayores encantos. Y poco después —abrió el volumen siguiente— volvieron a Londres. «Sentía tantos deseos de causar una buena impresión que me puse mi traje de novia.» Gilbert la veía sentada al lado del viejo Sir Edward, conquistando a aquel temible anciano, su jefe. Leyó deprisa, rememorando escena tras escena a partir de aquellos fragmentos deshilvanados escritos por su mujer. «Cena en la Cámara de los Comunes… Velada en casa de los Lovegroves. Lady L. me preguntó si era consciente de mi responsabilidad como esposa de Gilbert.» Luego, con el paso de los años —había cogido otro volumen de entre los que estaban en el escritorio—, él se había ido dejando absorber por su trabajo. Y Ángela, lógicamente, empezó a estar cada vez más tiempo sola… Para ella había sido una gran

117

frustración no haber tenido hijos. «¡Cuánto me hubiera gustado —confesaba en un aparte— que Gilbert se hubiera decidido a tener un hijo!» Pero, por extraño que hubiera podido parecer, él nunca lo había lamentado. La vida, tal como era, le proporcionaba suficientes compensaciones. Aquel año le ofrecieron un puesto de menor rango en el Gobierno. No era más que un cargo de importancia subsidiaria, pero el comentario de Ángela fue el siguiente: «Tengo la absoluta certidumbre de que llegará a ser primer ministro». Bueno, si las cosas se hubieran desarrollado de otro modo tal vez hubiera sido posible. En este punto, Gilbert dejó de leer, especulando acerca de lo que podría haber acaecido. La política era un juego, pensó; pero la partida aún no había terminado. No, a los cincuenta años, todavía no. Y de ese modo fue hojeando y hojeando páginas, plagadas de trivialidades, de detalles insignificantes y felices que constituían la vida de Ángela.

Cogió otro volumen y lo abrió al azar. «¡Qué cobarde soy! Una vez más he dejado pasar la oportunidad. Pero me parecía egoísta preocuparle con mis problemas cuando tiene tantas cosas en las que pensar. Y son tan pocas las veladas que pasamos a solas...» ¿Qué significaba aquello? Bueno, allí, un poco más adelante, estaba la explicación... Ángela se refería a sus actividades en East End. «Finalmente he hecho acopio de valor y se lo he contado a Gilbert. Él ha reaccionado con gran bondad y complacencia, sin formular objeción alguna.» Gilbert recordaba aún aquella conversación. Ángela le había dicho que se sentía ociosa, inútil. Quería tener una ocupación propia. Quería hacer algo —se había sonrojado de una manera encantadora, recordó Gilbert, mientras hablaba, sentada allí, en esa misma silla— para ayudar al prójimo. Él la trató con un poco de condescendencia. ¿No le bastaba acaso con cuidar de él y ocuparse de la casa? De todos modos, si aquello de que le hablaba la divertía, él no tenía nada que objetar. ¿De qué se trataba, de un distrito, de un comité...? Lo único que le pedía era que ese nuevo trabajo no perjudicara su salud. Y, a partir de ese momento, todos los miércoles iba a Whitechapel. Gilbert recordó lo mucho que le desagradaban las ropas que Ángela se ponía en esas ocasiones. Pero, al parecer, se había tomado muy en serio su nuevo trabajo. En el diario abundaban referencias como esta: «He ido a visitar a Mrs. Jones... Tiene diez hijos... Su marido perdió un brazo en un accidente... He hecho todo lo posible por encontrar un empleo para Lily». Pasó más páginas. Su nombre aparecía cada vez con menos frecuencia. Su interés por el diario se fue diluyendo. Había anotaciones que no significaban nada para él. Por ejemplo: «He tenido una acalorada discusión con B. M. acerca del socialismo». ¿Quién podría ser ese B. M.? Aquellas iniciales no le decían nada. Supuso que se trataría de alguna mujer a la que Ángela habría conocido en algún comité. «B. M. atacó con virulencia a las clases altas... Después de la reunión regresé a pie con él e intenté convencerlo. Pero es un hombre muy estrecho de miras.» De modo que B. M. era un hombre... Sin duda uno de esos «intelectuales», como a sí mismos se llaman, violentos y estrechos de miras, tal como decía Ángela. Al parecer, Ángela lo había invitado a visitarla. «B. M. ha venido a cenar. ¡Y ha estrechado la mano de Minnie!» Esta exclamación sirvió para dar un nuevo matiz a la imagen mental que Gilbert se había formado. Al parecer B. M. no estaba acostumbrado a tratar doncellas: le había dado la mano a Minnie. Probablemente era uno de esos trabajadores sumisos que airean sus opiniones en los salones de las damas de sociedad. Gilbert conocía bien a esa clase de hombres, y no sentía por ellos el menor atisbo de simpatía, fuera quien fuese el tal B. M. Y, poco más adelante, volvía a aparecer. «He ido con B. M. a la Torre de Londres... Dice que la revolución está próxima... Dice que vivimos en el Paraíso de los Necios.» Sí, esa es precisamente la típica frase de los individuos como B. M., a Gilbert le parecía estar oyéndolo. Es más, podía verlo con absoluta claridad: un hombrecillo rechoncho, de barba descuidada y corbata roja, vestido con un traje de *tweed*, como todos los individuos de su clase, individuos que en su vida habían pegado un palo al agua. ¿Tendría Ángela el suficiente sentido común para darse cuenta de esa circunstancia? Siguió leyendo: «B. M. dijo cosas muy desagradables de...». El nombre de la persona en cuestión estaba cuidadosamente tachado. «Le dije que no estaba dispuesta a escuchar ni un insulto más contra...» Una vez más, el nombre había sido tachado. ¿Sería el suyo? ¿Sería esa la razón por la que Ángela se apresuraba a tapar la página cuando él entraba? Este nuevo pensamiento aumentó considerablemente su antipatía hacia B. M. Había tenido la insolencia de criticarlo en su propia casa. ¿Por qué Ángela no se lo había dicho? Era impropio de ella ocultarle cosas; siempre había sido la inocencia personificada. Siguió pasando páginas, buscando con avidez todas las referencias a B. M. «B. M. me ha contado su infancia. Su madre trabajaba de asistenta... Cuando pienso en ello no soporto seguir viviendo en medio de este lujo... ¡Gastarse tres guineas en un sombrero!» ¡Si al menos Ángela hubiera consultado este asunto con él en lugar de calentarse la cabeza con cuestiones que, por su complejidad, ella no podía entender! B. M. le había prestado libros, *Karl Marx. La revolución pendiente*. Las iniciales B. M., B. M., B. M. se repetían constantemente. Pero ¿por qué no escribía el nombre completo? En el empleo de esas iniciales había un matiz de desenfado, de intimidad, impropio de Ángela. ¿Le llamaría acaso B. M. en sus propias narices? Siguió leyendo: «B. M. se ha presentado inesperadamente, después de cenar. Por fortuna estaba sola». De eso hacía solamente un año. «Por fortuna —¿por qué por fortuna?— estaba sola.» ¿Dónde estuvo él aquella noche? Consultó su agenda. Sí, claro, fue la noche que cenó en Mansion House. ¡Y B. M. y Ángela habían pasado la velada solos! Intentó recordar lo que ocurrió aquella noche. ¿Estaba Ángela esperándolo cuando regresó? ¿Tenía la habitación el aspecto habitual? ¿Había copas encima de la mesa? ¿Había sillas juntas? No podía recordar nada, absolutamente nada, nada salvo su discurso en Mansion House, después de la cena. La situación se le hacía cada vez más inexplicable: su esposa recibiendo a un desconocido cuando estaba sola en casa. Quizá la explicación podría encontrarla en el volumen siguiente. Inmediatamente se lanzó sobre el último de los diarios, ese que Ángela había dejado inacabado al morir. Allí, en la primera página, aparecía de nuevo aquel maldito individuo. «He cenado a solas con B. M.... Estaba muy inquieto. Ha dicho que ya era hora de hablar con claridad... He intentado hacerle entrar en razón. Pero no quería. Me ha amenazado, diciendo que si yo no...», el resto de la página estaba tachada. Sobre los tachones se podía leer «Egipto, Egipto, Egipto». Gilbert no pudo descifrar ni una sola palabra más, pero solo cabía una interpretación: aquel canalla le había pedido que fuera su amante. ¡A solas en su cuarto! A Gilbert se le subió la sangre a la cabeza. Pasó las páginas a toda prisa. ¿Cuál había sido la respuesta de Ángela? Ahora ya no había iniciales. Ahora, el individuo era simplemente «él». «Ha vuelto. Le he dicho que no he podido tomar ninguna decisión... Le he suplicado que me deje.» ¿Es posible que la hubiera coaccionado en esta misma casa? Pero ¿por qué Ángela no le había dado una respuesta tajante? ¿Cómo pudo dudar, siquiera por un instante? A continuación, leyó: «Le he escrito una carta». Después seguían varias páginas en blanco. Más tarde decía: «Ha cumplido sus amenazas». Y luego... ¿qué vendría luego? Pasó una página tras otra. Todas estaban en blanco. Hasta que, justo el día de su muerte, Ángela había escrito: «¿Tendré yo también valor para hacerlo?».

Gilbert Clandon dejó caer el diario al suelo. Veía a Ángela, allí, ante él. La veía de pie, en el bordillo de la acera de Piccadilly. Tenía la mirada fija, los puños crispados. El automóvil se acercaba...

Gilbert no podía soportar aquella tortura. Tenía que saber la verdad.

Corrió al teléfono.

—¡Con Miss Miller, por favor! —Hubo un silencio ominoso. Luego oyó que alguien se movía por la estancia.

—Dígame —respondió por fin la voz de Miss Miller.

—¿Quién es B. M.? —preguntó Gilbert, con voz de trueno.

Gilbert podía oír el tictac del reloj sobre la repisa de la chimenea de Miss Miller. Luego oyó un largo y profundo suspiro. Y, finalmente, Sissy Miller respondió:

—Era mi hermano.

Era su hermano; el hermano que se había suicidado.

—¿Sigue usted ahí? —oyó preguntar a Miss Miller—. ¿Necesita alguna otra aclaración?

—¡Ninguna! —exclamó Gilbert—. ¡Ninguna!

Gilbert ya tenía su legado. Ángela le había dicho la verdad. Se había arrojado a la calzada para reunirse con su amante. Se había arrojado a la calzada para huir de él, de Gilbert.

El símbolo

Sobre la cumbre misma de la montaña había una hendedura parecida a un cráter lunar. Estaba cubierta de nieve, iridiscente como el pecho de una paloma o blanca como la muerte. Aquí y allá se producía un movimiento de partículas secas que nada ocultaban. A una altitud tal no había ni rastro de vida animal. Tan solo la nieve que unas veces adquiría tonalidades irisadas, otras, rojo sangre o blanco inmaculado, según la hora del día.

Las tumbas del valle —se apreciaba un abrupto declive a ambos lados; primero de roca desnuda; nieve encenagada; un poco más abajo un abeto encaramado a un risco; después una cabaña solitaria; un poco más allá un tachón de verde oliváceo; un grupo de frágiles tejados; y ya, en el fondo, un pueblecito, un hotel, un cine y un cementerio—, las tumbas de la iglesia próxima al hotel llevaban grabados los nombres de algunos alpinistas que habían muerto despeñados.

125

«La montaña —escribió la mujer, sentada en el balcón del hotel— es un símbolo...» Y se detuvo. Veía la cima de la montaña con los prismáticos. Enfocó la lente, como si hubiera querido ver qué era un símbolo. La carta que estaba escribiendo iba dirigida a su hermana mayor, que vivía en Birmingham.

El balcón daba a la calle mayor de la estación termal alpina, como un palco en el teatro. Había muy pocos salones privados, y las funciones —sainetes en su mayoría— se representaban en público. Se trataba de simples distracciones para pasar el rato, en las que raramente se llegaba a una conclusión, como pudiera ser el matrimonio o una amistad eterna. Había en ellas algo fantástico, sutil, poco concluyente. Eran muy pocas las cosas consistentes que se podían transportar a semejante altura. Hasta las casas daban la impresión de ser de juguete. Cuando llegó por fin la voz del locutor al pueblo, incluso esta se tornó irreal.

En un momento determinado, la mujer apartó los prismáticos y saludó con una leve inclinación de cabeza a unos jóvenes que pasaban por la calle y se disponían a iniciar una escalada. Conocía a uno de ellos..., una tía del muchacho había sido directora del colegio de su hija.

Con la pluma goteando tinta entre los dedos, la mujer saludó con la mano a los escaladores. Acababa de escribir que la montaña era un símbolo, pero ¿de qué? Hacia 1840 perdieron la vida dos hombres; en 1860, otros cuatro. Los primeros, al romperse una cuerda; los segundos, por congelación, sorprendidos por la noche. Siempre andamos escalando para coronar una cima; frase sin duda estereotipada. Mas eso no representaba lo que ella veía mentalmente, después de haber mirado con los prismáticos la cumbre inviolada.

Prosiguió de manera inconexa: «¿Por qué me retrotraerá a la isla de Wight? Cuando mamá estaba grave la llevamos allí, ¿te acuerdas? Y, cada vez que llegaba el barco, yo salía al balcón para describir a los pasajeros. Decía, por ejemplo: "Tengo la impresión de que ese es Mr. Edwardes..., acaba de bajar de la pasarela". Y, poco después: "Ya han desembarcado todos los pasajeros. Ahora le están dando la vuelta al barco...". Nunca te decía, naturalmente que no —por aquel entonces vivías en la India y estabas embarazada de Lucy—, cuánto deseaba que al llegar el doctor dijera de una manera concluyente: "No vivirá más de una semana". Su agonía, sin embargo, se prolongó bastante más de lo previsto: nada menos que dieciocho meses. La montaña acaba de recordarme que, cuando estaba sola, andaba siempre pendiente de su muerte, como si se hubiera tratado de un símbolo. Pensaba que si lograba alcanzar ese punto..., cuando fuera libre... Recordarás que no pudimos casarnos hasta que ella falleció... En ese caso también podría servirme la palabra *nube*, en lugar de la de *montaña*. Pensé: Cuando alcance ese punto... Nunca se lo he confesado a nadie, ya que parecía una crueldad. Estaré en la cima. Imaginaba muchas cosas distintas. Y es que procedemos de una familia angloíndia. Todavía me parece ver, por las historias que he oído contar, cómo se vive en otros lugares del mundo. Veo casuchas de barro; y nativos;

veo elefantes que beben en las orillas de los lagos. Muchos de nuestros tíos y primos fueron exploradores. Yo también he tenido a menudo deseos de explorar. Sin embargo, a la hora de la verdad, siempre me pareció más sensato, en vista de nuestro largo noviazgo, casarme».

Miró allí mismo, frente a ella, a la mujer que sacudía una alfombra en un balcón. Todas las mañanas a la misma hora hacía lo mismo. Su balcón estaba justo enfrente, al otro lado de la calle, a no más de un tiro de piedra. Hasta habían estado a punto de sonreírse cada una desde su balcón.

«Los pueblos pequeños —añadió, tomando la pluma— son todos iguales, tanto aquí como en Birmingham. En prácticamente todas las casas admiten huéspedes. El hotel está hasta los topes. Aunque muy poco variadas, las comidas tampoco puede decirse que sean malas. Y, cómo no, el hotel dispone de espléndidas vistas. No hay ventana desde la que no se vea la montaña. Y lo mismo ocurre en cualquier otra parte del pueblo. Créeme si te digo que algunas veces me entran ganas de gritar cuando salgo de la tienda donde venden los periódicos (llegan con una semana de retraso) al ver esa montaña a todas horas. Algunas veces tengo la sensación de que está atravesada en medio del camino. Otras, se me asemeja una nube inmóvil. El caso es que todo el mundo, hasta los inválidos, que los hay por doquier, habla de la montaña, de lo bien que se ve ese día, como si estuviera allí mismo, al otro lado de la calle; o de lo lejana que parece, de tal modo que podría confundirse con una nube. Eso dicen todos. Anoche, durante la tormenta, pensé en la posibilidad de que al menos por una vez permaneciera oculta. Pero, justo en el momento en que traían las anchoas, el reverendo W. Bishop exclamó: "¡Mirad, ahí está la montaña!".

»¿No estaré siendo egoísta? ¿No debería avergonzarme de mí misma, cuando hay tanto sufrimiento a mi alrededor? Un sufrimiento que no es algo exclusivo de los visitantes... La gente de aquí sufre terriblemente por culpa del hipertiroidismo. Naturalmente que esa dolencia se podría combatir con algo de iniciativa y dinero. ¿No deberíamos avergonzarnos de volver una y otra vez a algo que en definitiva no tiene remedio? Haría falta un terremoto para acabar con esa montaña, del mismo modo que lo más seguro es que fuera un terremoto el que la gestó. Hace unos días pregunté al propietario, Herr Melchior, si en esta época se producían terremotos. Él me dijo que no, que, a lo sumo, corrimientos de tierra y, sobre todo, avalanchas, que, a veces, han sepultado un pueblo entero. Pero, se apresuró a añadir, aquí donde estamos no hay ningún peligro.

»Mientras escribo estas palabras, sigo viendo nítidamente a los jóvenes alpinistas en la ladera de la montaña. Van encordados. Me parece que ya te he comentado que uno de ellos iba a la escuela con Margaret. Ahora, justamente, están pasando por una grieta...»

La pluma se le cayó de la mano dejando sobre el papel una gota de tinta que se extendió rápidamente formando una línea zigzagueante por toda la página. Los jóvenes habían desaparecido.

A última hora de la noche, cuando el equipo de

rescate logró recuperar los cuerpos, ella encontró la carta inacabada sobre la mesa del balcón. Mojó la pluma una vez más y prosiguió: «Las viejas frases estereotipadas vendrán como anillo al dedo para la ocasión. Murieron intentando escalar la montaña... Y los lugareños depositaron flores en sus tumbas. Murieron tratando de descubrir...».

Pero aquello no parecía un final adecuado. De ahí que se limitara a añadir: «Besos a los niños». Y firmó con su apodo familiar.

AUSTRAL